兄は沖縄で死んだ

童話作家・心の軌跡

加藤多一

高文研

◈―もくじ

III　初めての沖縄行き

IV　オキナワの痛点――一九九三年二月

V　戦後七十年、沖縄を思う

Ⅵ　小説家・目取眞俊の仕事

VII 事実が迫ってくる—二〇一五年四月

Ⅷ　沖縄慰霊の日―二〇一五年六月二十三日

装丁＝商業デザインセンター・増田　絵里

◈――まえがき

私の沖縄についての学習は、恨みと悲しみとから出発している。

七十年前、沖縄で戦死した一族の希望の星だった次兄のコウちゃんを返せ、返してくれ――。

亡き父ちゃん、とくに母ちゃんの悲しみを思うと、素朴な恨みの心情がいつも体の中にあった。

観光気分で沖縄へ行く人々の群には入りたくなかった。飛行機で自由に渡航できる時代になった後でも行かなかった。

第一回目の沖縄行きは、一九九三年。

兄が戦死させられた沖縄の土を、心ひきしめて初めて踏んだのであった。

二回目は、一九九四年。兄姉たちとツアーのパック旅行で戦跡を回った。

このときは一回目の戦跡の学習があったので、兄姉に対して私が次兄の戦死の概略を説明することができた。

三回目は、一九九七年であった。

このときは小浜《こはま》島の古い古いアトリエの跡（画家の秋野亥左牟《いさむ》さん）を友人の絵本作家長野ヒデ子さんの仲立ちで借りて自炊生活。約二か月滞在した。石垣島・竹富島・西表《いりおもて》島・与那国《よなぐに》島も学習した。

終わりころには妻と娘も呼び、三人で石垣から船で台湾に渡った。

日本への帰属意識よりもむしろ南の島々の住民とのつながりが深い先島《さきしま》諸島の人々の存在が新鮮で

あった。

事実、小浜島での生活の中で知りあったおばあは台湾のほうから、移り住んできて国籍がない。そんなことに無頓着のこの人から私はパパイヤを野菜として食う方法を教えてもらって、自炊生活が豊かになった。漁港でちょっと作業を手伝っては、魚をもらって食べたり――。

四回目は、二〇一二年。

「日本児童文学者協会」による「沖縄セミナー」出席がきっかけであった。

行動する詩人の高良勉さんに会うことができたのもこのとき。児童文学を書いている人。子どもの本の普及をする仕事を続けている同志の心も知った。

このとき初めて、辺野古《へのこ》の海岸での反基地闘争に参加した。

われわれの上空を当時の野田首相の視察用ヘリコプターが飛んで行った。

五回目が、今年二〇一五年一月。

以前、稚内《わっかない》で知り合った友人・水野隆夫さん（元環境庁利尻礼文《りしりれぶん》サロベツ国立公園管理官で、いまは今帰仁村《なきじんそん》に定住している）が運転してくれる車で多くの土地へ行き、多くの人に会い、八日間貴重な学習をした。

辺野古および高江《たかえ》の闘争に初めて参加できた。

六回目は同年四月に一週間。

七回目が六月に五日間。もちろん何回行っても、本質的なものはなかなかわからない。

初歩的な沖縄認識しかなかったが、兄を返せと言う相手が、沖縄県民ではないことがはっきりしていた。

沖縄戦の最大の被害者である人々には、むろん謝罪すべき。いや、加害者への抗議に共に行動させてください、と言うべきだと今は考えている。

そして沖縄に学ぶようになってからは、私は元号を使わなくなった。

兄はどこでどのように戦死させられたのか。どうしてそんなことになったのか――。

とにかく、私はそれを知りたかった。

本土の人間は、憲法第九条があったおかげで日本は七十年間戦争をしなかったと朗らかにいうが、沖縄に現住している人々の認識は違う。県内の身近な米軍基地が、多くの戦争の拠点だった。朝鮮戦争・ベトナム戦争・湾岸戦争・イラク戦争・アフガン戦争……。基地で働く沖縄県民もいる。米軍の兵士と家族が沖縄で現に生活している限り、沖縄はこれら残酷な戦争にいやおうなく参加させられている。風土と人間が参加させられている。また、これでもかこれでもかというような米軍基地による被害が、限りなく発生している。

つまり、沖縄に戦後は存在していないのだ。

この本は、軍歌と「日の丸」で兄を送り出した七歳の弟が、八十一歳になった今、日和見《ひよりみ》と無知からスタートしてひとつの方向にたどりつくまでの混迷の記録になる。

一方では、天皇制と軍国主義を叩きこまれた身体と内臓が、どういう反応をして生きてきたか——という生体実験報告でもある。

それゆえ、まず自己紹介を。


加藤多一《たいち》。

一九三四（昭和九）年、北海道紋別《もんべつ》郡滝上《たきのうえ》村サクルー原野の山間部の畑作農家の子として生まれた。消化器系が弱い虚弱児だった。すぐに泣く。わがままな子。三歳ごろのある日、母親を困らせたときのことを〈ちょっとひどいな〉という自覚と共に思い出す。

農業の仕事がない冬の日。主婦たちが集まって料理を作っておしゃべりをする会があった。母はこういうときいつも食材から作り方までを取りしきる役をしていた。

みんなで食べようという段階のとき、私が泣き出し「ゴロツキ」を始めたらしい。何かの理由があったのだろうけど、声がかすれるほど泣き続けた。母は怒りもせず（怒るともっと泣く）、家に連れて帰った。

不安なことやいやなことに直面すると下痢が始まる。脳がやるべき判断を腸が先にやってしまう子どもであった。

一九四一年、この時から国民学校と改称された学校に入学。

翌一九四二年の一月、酷寒の朝に次兄輝一《こういち》の出征を見送る。

一九四五年敗戦。十一歳。その秋、教科書に墨をぬる作業を楽しく経験する（大人社会の嘘・神国日本の偽まんを子どもなりに目撃）。

一九四七年、わずか六年間だけ存在した国民学校というものを卒業し、義務制となった新制中学校入学。「新憲法」を学ぶ。

一九五〇年、新制中学校卒業。進学するとすれば紋別高校だったが進学の目途が立たない。夏は家業の少年労働者となり、冬は山の木を伐り運び出す事業の見習作業員。進学できないのは、駅まで十二キロ、列車に乗ってからも高校まで一時間かかるという事情があった。

翌五一年、親類（農業）の好意で下宿（農家の仕事を手伝うという条件）、道立遠軽《えんがる》高校に入学。

一九五四年、北海道大学文類に進学。学生時代短歌結社「新墾《にいはり》」に加入。自費出版の歌集「野の涯」。同時に北大童話研究会で創作を始めた。

一九五八年、教育学部を卒業、札幌市役所職員となる。

一九八六年、五十二歳で退職。翌年、新設の稚内北星《ほくせい》短大教員となった。五年で退職。

一九七六年、『白いエプロン白いヤギ』を初出版。これまで児童文学作品を四十点ほど出版。受賞作品四点。

現在、日本児童文学者協会会員・評議員、オーバー北海道九条の会共同代表、子ども・教育文化道民の会共同代表など。小樽詩話会会員。小樽市在住。

私の記述のしかた——同じ戦跡については一度だけ記述する方が読みやすいのに、私の文章には何度も出てくる。これは正直いって行くたびに新しい発見があったり、誤りが正されるせいだ。そのプロセスを書かなければならない。それが、八十一歳の私の実態なのです。

I　沖縄で戦死した兄

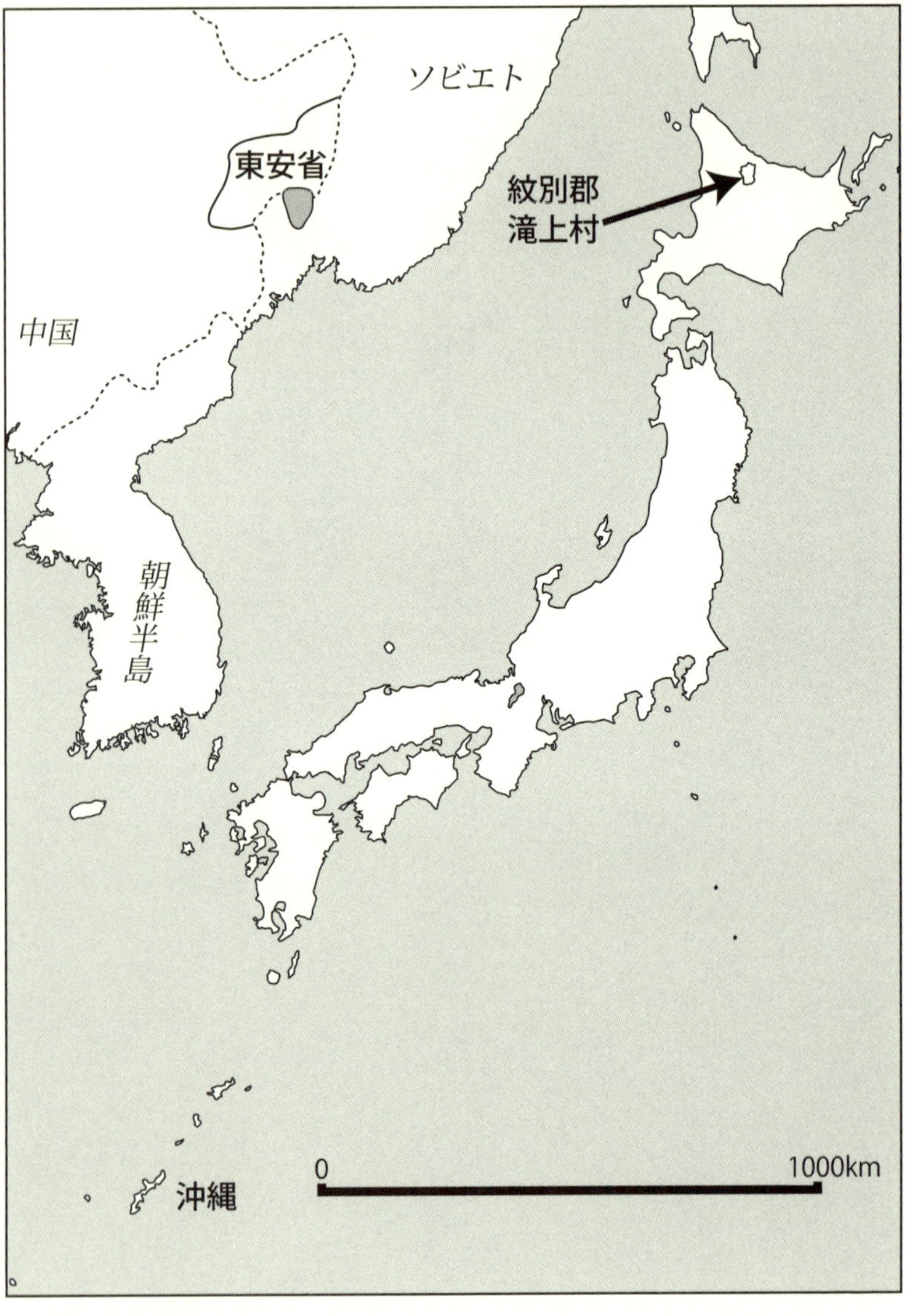

ソビエト
東安省
紋別郡
滝上村
中国
朝鮮半島
沖縄
0
1000km

❇コウちゃんと呼ばれていた

コウちゃん、と私たち弟妹は呼んでいた。

次兄加藤輝一《こういち》は、一九二一年（大正十年）生れ。一九四五年、二十四歳で沖縄本島南部で戦死（させられた）。

コウちゃんのことを調べて書きたい、と思い立ってからほぼ二十年が過ぎ、一九九三年にようやく作業を始めることができた。

平和憲法に対する考え方も、沖縄が国から押し付けられているものの状況と人々の意識は、変わりつつある。ただ、コウちゃんが死んだという事実は不変だ。

十三歳年上の兄が兵隊にとられたとき、私は七歳で国民学校一年生の真冬だったが、ほとんど何もおぼえていない。これくらい年齢が離れると思い出はきれぎれで、淡い。顔の表情も、写真によって補強するくらいだ。

調べて書きたいという思いは、第一に子ども時代のコウちゃんに会いたい、第二に亡き父母の心に添いたいからであった。

乳幼児の死亡が多かった時代に、ひとりも欠かすことなく十人の子を生み育てた父母は、子どもが生きがいのすべてのような人であった。家業の後継ぎであり、親孝行であった輝一の戦死の悲嘆はどれほどのものであったか。その父母もすでに亡くなり、独身で死んだ次兄には子も孫もいない。直接兄を知っていた人々も、だんだん少なくなっていく。私の沖縄学習開始のとき入院中だった長兄も翌九四年に死亡し、私自身が、すでに八十一歳になった。

沖縄の土を初めて踏んだときは、父母の代理という意気ごみがあり、亡き父母や兄のことを大切にする自分、という思い入れがあった。

もうひとつ、結果として自分というものを検証することになるだろうというつらい予感があった。用心しても、かなり自分が裸にされる。

戦争体験のない私は、戦争の本質や国家と自分、天皇制と自分との関係について、突き詰めて考えぬくことなく、生き易いように自粛し、流されて生きてきた。兄の戦友やオキナワの人々に会って話を聞く過程で、この〈流されて〉という言葉が、文学をやっている私の体の中で凝固しはじめる。

しかし、最終的に、戦死は名誉ではない、コウちゃんは犬死であったと書くことが、生きのびて語ってくれた兄の戦友たちや、コウちゃん自身の気持ちに逆行しないか。そのことに対する恐れはいつもある。

❇輝一とその父母

■加藤輝一

一九二一(大正十)年一月二十日、北海道紋別郡滝上村字サクルー原野北六線五十番地において出生。父・加藤正一《しょういち》、母・蔦衛《つたえ》の次男。生家は、ハッカ草を中心とする畑作農家であった(サクルーはアイヌ語で〝夏の道〟の意)。

一九二七年、滝上村札久留《さっくる》尋常小学校入学。一九三三年同高等科入学。一九三五年高等科卒業、家

業に従事しながら札久留青年学校に通学、卒業。

一九四二年一月十日、旭川市にある輜重《しちょう》第七連隊へ入営（満州派遣部隊。満州に行って二七〇部隊）。同年三月、（満州）東安《とうあん》省に移動。

一九四四年七月十六日、東安省を出発、同年八月上旬、沖縄本島嘉手納《かでな》付近に上陸。

一九四五年六月二十日、本島南部真栄平《まえひら》において戦死（戦死公報による）。

■父・加藤正一

一八九一（明治二十四）年六月二十七日、山形県北村山郡高崎村大字観音寺百三十二番地において父・加藤佐太郎、母・ユエの三男として出生。

一九一四年春、単身北海道に渡る。

一九一五年、嶋田蔦衛と結婚。このとき転籍（転居）したのは、北海道紋別郡渚滑《しょこつ》村基線百三十九番地（中渚滑）。

一九一九年、紋別郡滝上村サクルー原野北六線五十番地に転籍。

一九五五（昭和三十）年五月二十二日、滝上町において心臓病により死亡（六十三歳十一か月）。

■母・加藤蔦衛

一八九六（明治二十九）年九月六日、北海道紋別郡渚滑村基線百三十九番地において父・嶋田是一《これいち》、母・知曽《ちそ》の長女として出生。両親は四国土佐の人で一族を含め団体で渚滑村に開拓に入る。その移住する船は約一か月かかって小樽港に入港したが、土佐で生まれた乳児の蔦衛は船内で発病し海水で冷やしたが、高熱のため成人後やや難聴になった。

一九一五年、加藤正一と結婚し、以後夫と共に五男五女を生み育てる。輝一《こういち》は、三番目の子であった（私は八番目で下に妹と弟が一人ずつ）。

一九七二年七月三十一日、滝上町においてリウマチ等により死亡（七十六歳十か月）。

■父母の人柄

家族構成は、父母、男五人女五人の子どもたち。

長女＝都子《くにこ》、長男＝誠一、次男＝輝一、次女＝秀子、三女＝志美子
三男＝嘉一《かいち》、四女＝愛子、四男＝多一《たいち》、五女＝豊子、五男＝善正
父母が育てた子のうち、コウちゃんは父母の良い面だけを受け継いだような気がする。

父は向学心が強かったが状況が許さず、集団移住でなく、たったひとりで北海道に渡り、いわゆる遅れて来た開拓者として刻苦勉励《こっくべんれい》を実行してきた。辛抱と倹約と努力。昔のことばでいう偏屈なところがあった。

母は早めに集団で移住し、才覚のある父親が作った豊かな農家の家庭に育ったから、食事の時間も惜しんで働く男まさりの農婦の役はできなかった。体も小さく、腕力がなかった。料理が得意。縫いものと育児が生きがいで、家の中の掃除に時間をかけた。

違いが大きい夫婦だった。方言も違う。もともと山形と土佐。歴史上通婚圏にはない男女から生まれた一代雑種が私たちである。

性格は合わなかったが、子どもを生きがいにするという点では一致していた。労働一途の父であったが、子どもたちのためには時間と金をかけた。換金作物でないもの、すなわちリンゴ・ナシ・ブド

ウ・イチゴなどを作り、種子をとりよせてうまい野菜を自家用に作ったりするのは、ひとつの生き方であったろう。

＊子どものころの輝一

幼児のころから背が低く、がっちりした体の健康な子であった。

色が白く目が大きい。兄の誠一と違って理屈を言わずにこにこしている子どもだ。どうすれば好かれるかがわかる利口さを持っていた。すもうは子どものころから強く、青年になってからは棒押しや柔剣術が得意。

小さな学校だが成績がよく、字がきれい。青年になってからは日記を長くつけていた。

一九三三年、尋常小学校を卒業するとき、善行賞としてアルバムをもらった。これが我が家の最初のアルバム（それまでは台紙つきの、一枚ごとの写真だった）。父が喜んで、台紙からはがしてきて一家の写真を集めてはった（このアルバムは今も三兄宅に現存している）。

尋常小学校高等科を卒業した後、冬期は造材山に出稼ぎに行き、きびしい仕事だが仲間との交流も楽しむ。ハーモニカを吹いたり、レコードを買ってきて楽しんだ。

当時、高等科（非義務制）に行かない青年や、青年学校（毎日ではない）にも行かない人がいたが、父親の理解があった。中等学校に進学はできなかったが、学力には自信をもっていた。軍事教練でも、視察した軍人が注目して名前をメモするほどだった。

病気になった長兄・誠一が公務員として家を離れることが決まっており、すぐ下の弟嘉一はまだ高等科一年である。父は数え年五十二歳で当時としては老境に近い。
出征を控えた輝一の心は暗かった。後継ぎの自分がいなくなると、働きざかりの男手がない農家になる。力仕事には役立たない家族十二人を残して、一家の柱が出て行く（母方の祖母、父母、出征の夫をタイ国に取られている長姉とその娘、まだ一歳の弟を含めた弟妹七人）。日米開戦から二か月後の入営である。死を覚悟していた。しかし、農業経営のことと家族の生活については、なかなか思いを断ち切ることができなかった。

❇きょうだいがみた輝一

■長女・都子《くにこ》（輝一の五歳上）

私はもうすぐ百歳になるけど、バンコクで戦死した最初の夫松美さんと、めんこい弟輝一のことは忘れたことがないよ。

輝一は兄の誠一とは違って父母に口答えしたりしない子だった。色白でいつもにこにこしていたりこうな人だったね。

私は昭和十六年に夫が出征したあと、娘を連れて実家に帰って暮らしていた。夫の会社は社宅もあり、給料の八割はくれるし楽な生活だったけど、父ちゃん母ちゃんの仕事を手伝ってあげたかった。

輝一の出征の日は、私と母ちゃんは駅までは見送りに行かなかった。

そうそう、社宅に遊びにきた母ちゃんがとてもうれしそうに、誠一と輝一が仲よしになったことを報告してくれたことがあった。

それまでは兄弟けんかばかりさ。三歳下なのに輝一が兄を上回る。体力もあるし学力も学年で一番だった。兄のほうはいつも二番で、それもくやしがっていた。

その二人が十五歳になったころから仲がよくなった。母ちゃんがこんなふうにいった。「後から追いかけていってまでしゃべるんだからね」と、母ちゃんはよほどうれしかったのだと思うよ。

■次女・秀子（輝一の三歳下）

弟や妹を怒りつけることなんかしないコウちゃんだった。

そうそう、私ね、秘密の話を立ち聞きしたことがある。親類のおばさんと父と母が夜に話をしていた。「長男でなく、輝一を後継ぎにして一緒に暮したいと思っている」と。

昔はよく子どもが病気や事故で死んだよね。うちの母親は、十人の子を一人も死なせなかったのをほこりにしていたよ。

そうそう、コウちゃんが出征するとき、同時入営だった俵《たわら》さんの母親が、みっともなく泣いてねぇ。「ぼう(坊)、ぼう」と泣きながら、見送りの列の一番最後を歩いていた。みんな白い眼でみていた。私も。

その息子さん、やっぱり沖縄で戦死したね。

■三兄・嘉一《かいち》（輝一の七歳下）

駅へ見送りに行ったとき、列車の窓からにゅっと手を伸ばしてきてコウちゃんに握手された。「嘉一たのむぞ」って言われた。自分は十三歳になったばかりの高等科一年で、体が小さかったし、ずっしりと責任を感じた。がんばる気持ちは強かったけど……。

この三兄を農作業で助けたのは、実家で暮らしていた長女の都子と三女の志美子だけ（四女愛子は十歳、四男多一は七歳、五女豊子は四歳、五男善正は一歳。次女秀子は体が弱かった）。

■長男・誠一（輝一の三歳上。誠一の亡くなる前年の一九九一年ごろに）

輝一は体もよくて強いので、ふたごのように育ったから、戦死されたのはつらかった。

実はなぁ、十人のきょうだいで輝一だけが一時移住した別の家で生まれて、そこは北側は崖で下が川。実に家相がよくなかった。若死にしたのは、そのせいかもしれないな。

＊一九四二年一月十日、入営

前々日の八日の夜、まだ正月気分の残っている雪の中の生家で、立振舞《たちふるまい》の宴が開かれた。母は得意の宴会料理で忙しく、父は来客の雪靴の整理などをしながら、あきらめの笑顔を作っていた。ふすまを取りはらった広い部屋に石油ランプが三個つるされ、床の間を背に緊張した輝一がすわる。新調の国民服と呼ばれたスーツが体格の良い輝一によく似合う。

家族一同の記念写真は、この十日ほど前にすでに写してあった。

一月九日、入営指定日前日のこの日。いよいよ生まれ育ったわが家を出立する。

地域の人々や家族・親族が見送る中、簡素な出征のあいさつと激励がある。輝一はしっかりと家族を見て、馬橇《ばそり》に乗る。

長いつきあいのわが家の馬に馬具をかけ、箱つきの馬橇に引かせて手綱をさばくのは、十三歳になったばかりの弟嘉一だ。

1941 年 12 月撮影。前列左から四女・愛子、長女・都子［夫が出征中で実家に］、都子の娘・弘子、母・蔦衛、五男・善正、五女・豊子、父・正一、四男・多一（筆者）、後列左から三女・志美子、次女・秀子、次男・輝一、長男・誠一、三男・嘉一

雪はひどくはないが、しばれがきつい早朝だ。馬の鈴が鳴り、動き出すとき、馬橇の下の雪が鳴った。

七歳で国民学校一年生の私は橇に乗ったが、それ以下の幼い弟妹と姉は留守番。輝一は途中、自分で手綱を取ったりした。

五キロの雪道を行き、札久留《さつくる》神社に参拝。同時入営三名。かなりの数の見送り人を前に、輝一が代表してあいさつをした。

同じく出発する俵さんの母親が泣いて追いすがるので、勇ましい軍歌の中での見送りの列の空気が乱れる。

ここから村の中心地まで六キロ。ここでは入営する兵も十名をこえて、かなり大きなセレモニーになった。

北見《きたみ》滝上《たきのうえ》駅の前は、馬と人であふれていた。粉雪が降る空に、蒸気機関車が白い柱を吹きあげる。

家族との別れはあっけなかった。

万歳の声を圧倒するかのように、汽笛と蒸気音といっしょに、列車が動きだした。

この日の夜は旭川市内の旅館に宿泊し、翌十日、アーチの型が美しい旭橋を渡り、徒歩で三十分以上かかって第七師団北部九部隊の営門をくぐった。

❇三月三十日、面会日

「移動するから面会に来るように」という通知は父に届いたが、「将来のことがあるからお前に頼む」と言われて誠一兄が行った。

誠一兄は夜行列車に乗り、朝の旭川駅に着き、市電に乗って面会に行った。午前十時から三十分間しかない。一室に数人の兵隊と家族。母親が来ている人もいる。

母が作ったいなりずしが重箱につまっている。

二等兵として連日乗馬訓練で少しやせたが、血色よく元気いっぱいであった。

❇四月上旬満州へ

列車、船、列車を乗り継いで着いた満州の東安《とうあん》は、どこまでも地平線が続いている。

雪は少なく烈しい風が吹くので、地下凍結している。寒さにはなれているが、凍傷が恐ろしい。冬は皮膚を直接外気にさらしたら大変だ。

所属は二七〇連隊第一大隊、第三中隊（大隊長大橋大尉、中隊長米屋《よねや》中尉。米屋隊とよばれる。その直前は鈴木中隊長だった)。

ここで、初年兵の輝一は古参兵の塩島《しおじま》松夫(上等兵で二十八歳、北海道余市町出身)に出会う。訓練は別だが夜になると兵舎で隣りに寝て、お世話になる。兵舎の窓に月が出ている夜など、塩島さんに故郷の家族のことを話して心が慰められる。慰問袋も届いたし、弟や妹から手紙がくる。

一等兵になったとき、上等兵になったとき、それぞれ写真館に行って写真を写し、家族や友人に送る。乗馬した兵長の写真は、初夏に戸外で写した。

成績はよく、同年兵の中で昇進はつねにトップであった。

家族のようすは、弟妹たちの手紙で知ることができた。誠一兄が役所勤めになり、札幌そのあと芦別に転勤し、一九四三年十二月に結婚したことも知り、うれしかった。

三歳下の秀子も手紙をくれた。年頃なので「嫁さんにほしい」などとからかう仲間もいた。この妹は字がうまい。

家業がうまくいっているか、天候によって左右される農業であり、働き手が少ないので、いつも心配していた。弟嘉一が、十三歳なのに必死でがんばっている手紙をよこすので心強い。しかし、その手紙の中に「鹿毛《かげ》はほんとうに困った馬です」と書いているのには、苦笑しつつ胸が痛んだ。

青毛の素直な馬のほかに、体が大きいということで鹿毛を買ったのだが、これがジャメ馬で、重い荷を引かせると動かない。たたくと横へとぶ。嘉一は子どもなので、なおばかにされた。

満州での二年目、三年目になると、南方での日本軍の敗退が始まる。ソ連軍が動かない限り、南方より満州の方が安全だと話す戦友がいた。

❇沖縄へ

一九四四年の夏、突然部隊ぐるみの移動命令がきた。いよいよ最後が近づいている予感があった。出発に当たって、「遺書」を書かされたからである。髪の毛と爪も封筒に入れた。自分が戦死した知らせを受ける母の顔を、一瞬思い浮かべる。（以下は、一九四五年三月まで同じ中隊で同じ行動をした加藤義夫さんの資料、沖縄戦生き残りの人々の話による。）

七月、師団動員で（行先は明示されていないが）沖縄へ移動開始。朝鮮を経て釜山《プサン》から九州北部へ。そこで空襲を受け予定より少し遅れて八月上旬、沖縄本島嘉手納《かでな》の近く、渡久地《とくち》海岸に上陸した。

以後十二月中頃まで、石川に近い久保倉敷付近で陣地構築の作業。十月十日那覇大空襲。十二月中頃、山兵団は南部の島尻《しまじり》へ移動することになった。

部隊の構成は、次のとおり（一九四五年四月）。沖縄防衛第三二軍（本島分で師団クラスが五個）、その下に第二四師団（連隊七個ほかに通信・給水・病院など）、その下に輜重《しちょう》兵第二四連隊（駄馬《だば》大隊に中隊三個、自動車大隊に中隊二個）、その下に第一中隊（中隊長米屋勉の名をとって米屋隊とよばれる）は馬部隊。加藤輝一はここに所属して陸軍伍長。激戦中に軍曹になった形で、戦死で一階級特進して曹長となった。

島尻に移動したのは、大本営《だいほんえい》の命令で、防衛軍で最強の第九師団を台湾に引きぬかれ、その穴うめに第二四師団が当てられたからである。

九師団の代わりの補強部隊を送る決定も一夜でくつがえり、不満と絶望が三二軍幹部に残った。

輜重二四連隊は、島尻の東風平《こちんだ》村一帯に陣地をかまえる。米屋隊（この時点では第三中隊）は東風平村字与那城《よなぐすく》（竿地原《さおじはる》）に構築した。

中隊長など士官は与那城の民家に泊まる。壕を掘り、馬小屋と兵隊が寝る小屋を作る指揮をする。

一九四五年の一月から米軍が来る三月末までは、嵐の前の静けさのような日々であり、南国の陽光を楽しんだり、故郷の家族や友人にかなりの数の手紙やはがきを出す。

初年兵のとき世話になった塩島松夫（北海道余市町に帰還していた）あて軍事郵便（はがき）には、次のように書いた。

「御地も今が一番寒い絶頂であると存じます。当方は常緑に夏衣で越年です」

同年一月下旬頃、竹下隊（一中隊）員、約半数米屋隊に配転。合わせて米屋隊は第一中隊と命名。第三中隊は欠となる。

一見平安な三か月であったが、前年の十月十日には前述のように初めて大空襲があり、飛行場、港、那覇市内が大損害を受けている。死を目前にしての三か月であった。

❇沖縄戦

一九四五年三月二十三日から空襲が始まり、海面が黒く見えるほど多くの敵艦が押し寄せた。

周辺の島を占領した米軍は、四月一日いよいよ本島に上陸してきた。日本軍は当初の水際《みずぎわ》作戦を変更し無血上陸を許し、住民のぼう大な勤労奉仕で作った各飛行場も放棄した。

作戦として南部で持久戦に持ちこみ米軍の本土上陸を少しでも遅らせるというものだが、正面から戦う兵力も装備も武器も圧倒的に劣勢の中、この作戦変更により住民を戦闘に巻き込んだ事実は大きい。初めから勝つことが考えられない犠牲死の集積であったといえる。

圧倒的な物量と近代兵器を誇る米軍に対し日本軍は激しく戦ったが、次第に南部（島尻）に追いつめられ犠牲は増えつづけた、

後世無謀な作戦といわれた五月四日の総攻撃も失敗し、輝一の属する第二四師団は戦力の半分を失った。

三二軍司令部も首里《しゅり》から南端の喜屋武《きやん》半島に退却した（五月二十七日の薄暮に出発。輜重連隊が大きな働きをした）。

輜重隊第一大隊（馬部隊、一、二中隊）は、弁ケ岳にいた歩兵部隊に配属になり（五月上旬ころ）、五月中旬ころまでには大隊長大橋少佐以下、大部分が戦死した。

「米屋隊の残存兵は、私と同年兵の加藤輝一伍長が指揮して、真栄平《まえひら》付近の連隊本部に向って後退したとのこと」

これは、加藤義夫さん作成の資料による。この伝聞は捕虜収容所で第二中隊の「だれか」が義夫さんに話した情報による。この日付を、加藤義夫さんは、「一応」五月二十日とした（戦死公報の日付は六月二十日。公報の日付の決定に加藤義夫さんが関与している。一か月のズレの理由は不明）。

なお、三二軍牛島司令官（大将）、長参謀長《ちょう》（中将）らは、六月二十三日に「自殺」した（二十二日の説もあり）。「自決」などという言葉のごまかしを私は認めない。大本営と軍閥トップへの不満を胸に、敵兵がすぐそばに追っている中でのみじめな自殺であった。

旧軍隊の幹部や遺族の心からすれば「みじめな自殺」とは呼べないとは思う。しかし馬や豚や山羊《やぎ》・ニワトリの死を生活の中で見つめてきた私にすれば、哺乳《ほにゅう》動物の死はすべて残酷でみじめだ。泣き叫ぶ・怒る、当然のことである。彼らが妻子のことを思わなかったはずもないのに——。

それを押さえつけて平然な顔の仮面をつけたのは、天皇と天皇の軍隊への忠誠心ということになる。が、本当にそれを信じていいのだろうか。司令官のその時の命令が知られている。

「（大意は）最後の一兵となるまで戦え。生きて捕虜になるな」というものだった。敗残兵は食糧も武器弾薬もなく、負傷して逃げ歩いているときは〈いっそひと思いに死にたい〉と思うものらしい。しかし、司令官は死ぬことも許さないのだ。そして自分たち幹部は自死する。このとき八原高級参謀がひとり逃亡することを許され、帰還して報告することを命じられた。

東京ではこのころ、天皇制存続の保証を求めて交渉し、無条件降伏をずるずる先延ばししていた。もしも首里を放棄、司令部が南部へ撤退した五月二十七日時点で降伏していれば、沖縄住民の死者と被害は大きく変わっていたはずである。

もっと言えば四月一日、読谷村《よみたんそん》一帯に米軍がいっせいに上陸したときに、直接対抗して戦っていればどうだったか。日本軍は大敗し降伏していたろう。それならば住民の被害と死はほとんどなかった。

現実には、日本軍は無抵抗で退却。時間かせぎの三か月は何のためだったのか。

時計の針をもどしてみよう。

天皇が住む皇居があり日本の首都である東京が大空襲にあったのは、三月十日だ（軍隊とその装備を空襲で直接撃破するのでなく、住民を焼き殺して戦意喪失をねらうやり方。これは世界でも日中侵略戦争のときの重慶空爆が最初だったといわれている）。

アメリカは、木造で燃えやすい東京の一般住宅を焼くため〈焼夷《しょうい》爆弾〉を開発した。東京大空襲は、制空権、制海権がすでに奪われていることの明白な証拠だ。その事実は、いくら政府と天皇に盲従する日本国民でもわからないはずがない。この三週間後の沖縄戦だ。結果は見えていたではないか。

❇降伏を許さず

沖縄戦最高司令官の牛島大将の自殺に当っての最後の命令の大意。

「決して降伏することなく最後まで戦え」

自分は敗北して自殺するというのに、残ったものは死ぬまで戦えというなんという無責任・無慈悲なことか。

上官の命令がなければ何もできない、降伏もできない日本兵。フィリピンの山中で戦後三十年間も降伏しなかった小野田寛郎《ひろお》さんは映像の中で語っている。〈降伏せよという上官の直接の命令がなかったからです〉と。日本の敗戦がわかっていても、実兄がマイクで呼びかけても出てこれなかったのだ。

そういう教育をしておきながら、命令する側が先に自殺するというのは、あまりにも無謀であり、軍人が最も避けるべきといわれていた〝卑怯〟な行動ではないか。

降伏しようとする仲間の日本兵を撃ち殺す。壕などにかくれている住民が火焔《かえん》放射器で焼かれ、煙でいぶされて苦しくなり、「コロサナイカラ　デテオイデ」という米兵の通訳の声を頼りに出て行こうとすると、後ろから日本兵に射殺された、こういう事例・証言は数限りない。

故郷に家族や妻子を残してきている日本兵がここまで残酷になれた、つまり洗脳されたのには、よほど強力な何かがあったからだ、と考えざるをえない。

それが「戦陣訓」だ。

❇戦陣訓

もっと後に書こうと思っていたが、悲劇の根源は「戦陣訓」にあるのだ――という考えがふくれあがってきたので、ここで書くことにした（二〇一五年に記述しています）。

戦陣訓の原文がどこかにあったはずなのに見つからないので、ここは小樽市内の友人・小笠原寛行さんに頼った。彼はインターネットで次の文を見つけてくれた。

《日中戦争の長期化で軍規が動揺し始めた昭和十六（一九四一）年一月八日、東條英樹陸相が「軍人勅諭」の実践を目的に公布した具体的な行動規範。戦後、悪の代名詞みたいに言われましたが、特に「生きて虜囚《りょしゅう》の辱《はずかしめ》を受けず」が明確に降伏を否定しているため、これによって多くの兵士が無駄死にしたとされます》

これは誰の書いたものかはわからないが、実にわかりやすい。文の下に写真があり、その説明文はこうなっている。

「昭和十三年靖国神社臨時大祭。東京芝浦に到達した六〇〇の霊柩《れいきゅう》が、靖国神社目指し帝都を行進」

白木の箱を胸にかかえた軍人が六百人も続く。厭戦《えんせん》気分も出るし、軍律もゆるむはずだ。

戦陣訓の「序」には、軍人精神の根本義は、畏《かしこ》くも〝軍人に賜《たま》はりたる勅諭〟にあること。その具体的行動の憑拠《ひょうきょ》（よりどころ）を示すのが戦陣訓の本旨である、と書く。

〝賜はりたる〟という用語、〝畏くも〟ともあるので若い世代でも推察できるとおり、〝勅諭〟とは明治天皇による直接の〝お説教〟である。〝勅諭〟は憲法・法・大臣の命令のはるか上位にある。なおこの戦陣訓を発令した東條氏は、陸軍大臣と総理大臣を兼任していた。戦陣訓の権威づけには十分すぎるくらいだ。

序のあとの「本訓その一」は七項目あり、皇国、皇軍、皇紀、団結、協同、攻撃精神、必勝の精神と続く。「本訓その二」はこれも敬神、責任など十項目。第七の「生死観」では、「従容として悠久の大義に生くることを悦びとすべし」とある。死ぬることを喜べというのだ。

第八は「名を惜しむ」という項目。その全文を書き出してみる。

「恥を知る者は強し。常に郷党《きょうとう》家門の面目を思ひ、愈々《いよいよ》奮励して其の期待に答ふべし。生きて虜囚の辱めを受けず、死して罪禍の汚名を残すこと勿（なか）れ」（傍点は筆者）

私の見るところでは、この第八「名を惜しむ」は、卑怯《ひきょう》の典型である。

神、天皇、陸軍大臣の命令、権威を総動員して〝降伏するくらいなら死ね〟と押さえつけても、例えば負傷して泥水の穴の中に転がり落ちた兵士にとっては、権威や命令はもうどうでもいい。ここで死んでたまるか――と一瞬考える。

それが哺乳動物の原理。恥じることはない。

そこで「郷党家門の面目」を最後に出してくる。

軍隊生活のいじめ（他国でもあるようだが、日本軍上官からのあるいは古参兵から）のリンチは有名だ。天皇が〝上官の命令は天皇の命令と思え〟と保証しているから凄惨なものだった。私は戦後復員してきた近所の青年から、リンチから逃れて自殺するため便槽に頭から飛び込んだ若者の実例を聞いている（ひもやベルト、自殺に使われそうなものは取りあげられている）。

こういう心情の兵には、もう戦陣訓は効かない。

しかし、郷里の面目を出されるとまいってしまう。人より先に降伏したと伝われば、父や母や弟妹や一族、そして地元の小学校の校長の恥になりはしないか――こう考えると降伏し捕虜になろうという意志は弱くなってしまう。

「兵隊がやってきて壕を追い出された。抵抗すると殺された。乏しい食いものを奪われた」「赤ん坊が泣くと殺せ、と言われた。殺せないでいると日本兵がしめ殺した」

こういう証言は無数に残されている。例えば「沖縄県立平和祈念資料館」で、拡大文字でいくらでも読むことができる。

くどいようだがもうひとつ。

仮に日本軍兵士なら、この戦陣訓を押しつけられるのは仕方がないと考えたとしても、ただの住民に「捕虜になる前に死ね」というのは何たることか。

そもそも軍隊とは国民の生命と財産を守るためにある、とされている。だから強力な軍備が必要だ、という論理。二〇一五年現在の総理大臣はとくに力を入れている。

これではあまりにも単純だ。外交努力によって解決するのが政治家の仕事であって、武力だけを頼りにするのであれば、防衛省の戦争のプロだけがいればよい話になる。

一九八八年、沖縄戦を教科書でどう記述するかについて、いわゆる「家永《いえなが》教科書裁判」の出張法廷（那覇市）があり、判決では「『集団自決』や住民虐殺」があったことを認めた。それでいてこれを認めない文部省（当時）による「検定」は違法ではないとした。

このとき、女性作家として著名な曽野綾子さんは、国の主張に沿って大略、次のように主張した。

「集団自決は軍からの命令ではなく、住民が自発的に行った行為だ。軍の命令という文書等の証拠が残存していない限りは命令はなかった」

軍隊が事前に手榴弾《しゅりゅうだん》を各家庭に配っていた事実は体験者もいるし、広く知られている。

「従軍慰安婦」問題でも、事実をかくすために似たような論法がまかり通っている。敗戦時十一歳だった私は、校長先生の書類や小さな村の役場の書類が、何日もかかって焼却されたのを目撃している。

ましてや国家の中枢の部分では、「証拠インメツ」にどれほど力を入れたか想像できる。

Ⅱ　故郷があるということ——兄の足取り

❇寒い朝

一九九三年。厳冬の一月に、聞き書きの目的では初めて、北海道紋別《もんべつ》郡滝上《たきのうえ》町に行った。亡兄輝《こう》一《いち》と私たちきょうだいの故郷である。

聞き書きを本格的に始めた一月九日は、輝一兄がここから出征していった日付であった。寒い日だ。友人から車を借り、市街地から雪道をたどって札久留《さつくる》の集落へ。

オホーツク海に注ぐ渚滑川。その支流であるサクルー川。そのまた支流のバンノサワ川（松浦武四郎の古地図にあるオロウェンサックル川よりも細い）に沿って、かつて三十戸ほどあった農家はいま入口の一戸だけだ。

狭いが地味がよく風の少ないここは、ハッカ草を作るのにいい土地だった。

ここの農家の次男として生まれた男の子は、がっちりした体のひと一倍心のやさしい青年となり、この道を馬橇《ばそり》に乗って出征していった。

❇兄を知る人による証言

市街地に戻り、北見滝上駅の跡へ行ってみる。一九四二年の年初、SLの白い蒸気と共に出て行った青年たちは、二度とここに立つことはなかった。

駅舎は今は鉄道の資料館のようになっている。隣地に図書館も含む文化センターが建っている。

夜、榊田千代正《さかきだちよまさ》さんを勤務先の町立病院夜警室にたずねる。札久留生まれで、輝一の同級生。よくいっしょに遊んだ。体格がよくなかったので、輝一の「甲種合格・翌年現役入隊」とは違い、乙種第二補充兵。一九四三年に臨時招集されたが、三か月で除隊・帰郷。離農したあとは町内で働き、現在は夜警員。七十二歳。子ども六人、孫十一人。

「結婚おめでとうって、コウちゃんから手紙もらってさ。うれしかった。それが沖縄玉砕《ぎょくさい》の後に着いた手紙なんだわ。ああ、生きているんだって、思ったよ」

「山の中にかくれて生きのびた例はたくさんある。ここらと違って沖縄は暖かいし、がんじょうで考え深いコウちゃんが死ぬはずない、ってずっと今も考えている」

話しながら千代正さんは涙をうかべる。やさしそうなしわしわの目を見て、あっと思った。

七十二歳のコウちゃんがここにいると思った。私にとっては、コウちゃんは写真の中にしかいない。コウちゃんはいつも二十歳。戦死さえしなければ、この千代正さんのような顔になっているのだ。

出征のときも戦死のときも、私は子どもだった。兄の葬式でも泣いた記憶がない。しかし、ここで初めて涙で千代正さんの顔がゆれて見えた。

父母がもし生きていれば、千代正さんには子ども六人孫十一人、うちの輝一には嫁もいなかった、といって泣くだろう。そう思うと涙が出てきた。

千代正さんは他人なのに、涙を流してくれた。山の中で生きのびているといってくれた。輝一の死後届いた手紙によって、長くそう信じてきたという。

身内のものは、かえって早めにあきらめていた。私も非合理的なものを否定する心が強くなっていた。これは、滝上という生地を早めに離れてしまったせいかもしれない。

胸が厚いため若死にしたコウチャンと、胸の薄さで生きのびた千代正さんと。しかし、運命ということばを、私は夜の寒さの中で必死に追い出そうとしていた。死んだのではなく、殺されたのだ。戦争は天災ではない。

深夜になっていた。ひどく冷える。舌で前歯をさわると、それがわかった。

家が近く大のなかよしで輝一の同級生だった半沢久雄さんの証言（半沢さんは、海軍通信隊に入ったが生還。輝一と満州で出会った倉兼さんのことなど記憶力がよく、会うべき人をたくさん教えてくれた）。

昭和二年四月、いっしょに小学校に入学したんだが、残雪が多くて馬の足跡が雪の上に穴になっていて、歩きにくかったねぇ。輝《こう》ちゃんは、子どものころからずんぐりして力が強かった。すもうや棒押しは青年学校でも選手だった。二人とも十七歳のころ、冬に造材山にかせぎに行ったことがある。あの人は気はやさしくて力持ちの見本のような人だったなあ。

同姓で隣り同士、輝一の二歳下の加藤四郎さんの証言。

冬の始めのころ、乾燥したハッカ草をむしてハッカ油を取る仕事を、共同でやる。そのハッカ釜《かま》の前で、よくすもうを取った。輝ちゃんの家に近所の子どもが集まって、木札の百人一首のカルタ取りもやった。輝ちゃんの父ちゃんが読み手だ。

輝ちゃんは、冬に山ウサギを取る名人でなぁ。針金で輪を作っておくと、夜の間にウサギが首をつっこんでぬけなくなる。おれはさっぱり取れないので、あせって輝ちゃんの家の小屋の入り口に仕掛けた。もちろんだめで、輝ちゃんやみんなにさんざん笑われたよ。

✻満州での軍隊生活

一九四二年四月になってから、満州へ移動開始。出発は夜だった。列車の窓にはよろい戸がおろされ、着いたのは小樽駅。小樽港から船に乗せられ、何日もかかって大陸に上陸。列車で満州の東安省西東安の兵営に到着。

輝一は郷里の青年学校でも旭川の訓練でも成績がよかったし、馬の世話もなれているので大きな苦労はなかった。

しかし、兵舎に帰ってから（内務班）の初年兵の苦労は大変だった。武器の手入れや洗濯・整理、号令に合わせての行動。この他に古参兵の洗濯や掃除までやらされ、うまくいかないと殴られる。

ここで輝一は、好人物の先輩塩島《しおじま》松夫さんと出会う。塩島さんは北海道余市《よいち》町の出身、妻を残しての二回目の召集で、このとき二十八歳。輝一は二十一歳だった。

塩島上等兵はその日、小材分隊長に呼ばれた。

「将来楽しみな初年兵が来た。お前がよく世話してやってくれ。加藤輝一だ」

加藤二等兵はずんぐりして目が大きく、ひどくまじめな男だったが、笑うといい笑顔になった。

以下、塩島上等兵の証言から日々を再現する。

兵舎の床は一応は板張りだった。真中に通路がありその両側にずらりと並んで寝る。通路側に足、窓の下に整理棚。ところどころにペチカがあった。

寝るのは幅のせまいわらぶとんの上に軍隊毛布を封筒状にし、体の表と裏にシーツがくるようにする。慣れない人は、この寝床を作るだけでも苦労していた。

用具でも衣服でも、軍隊だけで通用する名前だ。ももひきはコシタ。ひもつき革靴はヘンジョウカ。そのころは、米・麦半々の飯だった。バケツで運んできた飯とみそ汁を、アルミの食器で食べる。はしも金属製。飯は不足がちで、腹をすかせた新兵は馬のえさの豆かすをポケットに入れて食べていた。

塩島は、輝一をとなりに寝かせた。ある月夜の晩、二人は並んでこんな話をした。

「加藤。おまえ眠れるか」

「はい」

「故郷の彼女のことを考えているか」

「いや、そういうのはいません」

塩島のほうこそ、結婚したばかりの妻を残してきた。

めんどうを見た輝一が成績優秀で、一年半後に塩島が除隊し帰郷するころにはとんとん昇進して、自分より上になった。それが塩島の喜びであり誇りであった。

帰郷後、塩島は加藤輝一の父母に、軍隊生活のこと、元気でやっていることを手紙で知らせた。

一九九三年九月に七十九歳で亡くなるまで、塩島は加藤の満州での写真四枚を大切に持っていた。また、沖縄からの輝一の軍事はがき、輝一の父正一からの礼状も保存していた。

❇馬と輜重兵

「お前たちは一銭五厘のはがきでいくらでも集められるが、馬は違う。天皇陛下からおあずかりしている大切なものだぞ」

輜重兵《しちょう》の上官は、いつもこう言った。もっともこれは銃についても靴についても言われたが、馬はたしかに大切なものだった。

輝一が乗っていた馬は、「禮砲《れいほう》」という名のかしこい馬で、甘いものとか何か特別なものを与えると、長い顔を横にねかせて上手に口で受け取ることができた。

どんなに疲れていても腹がすいていても、馬の水と飼料が先だった。なつくと、かわいい。

挽馬《ばんば》教練という訓練がある。

荷物を運び行進する。馬に乗った中隊長・小隊長のあと徒小隊《としょうたい》（銃を持ち徒歩で輜重兵を守る）が続き、さらに下士官以下が続く。

馬車を引く馬、その馬の口を持つ御兵《ぎょへい》は大変だ。「戦闘準備」という命令が出たら、馬を止めすばやく馬の前足を綱でしばる。それからやっと自分の銃を持ち直して、態勢をとる。

一般に輜重兵とくにその下に付く輸卒《ゆそつ》は低く見られていた。

本来の位階制による差別の他に、学歴・兵種・身分・人種などについて明らかに差別があった。兵種とは、砲兵・歩兵・輜重兵などの区分のことだ。

輝一の二年後に輜重兵になった植村義夫さん（札幌在住）の話を聞く。

こういう歌が広く歌われていた。

輜重輸卒が兵隊ならば

チョウチョ・トンボも鳥のうち

馬糞《ばふん》は素手で集めて箱に入れた。金属製のフォークがなくて、木で自分たちが作った。寝わらも手で運ばされ、外へ出して干して、夕方また足元へひいてやる。ひずめの裏も体もちょっとでも汚れていると、怒られてたたかれるから、白い毛の馬が当った人はとくに大変だった。

運搬を仕事とする輜重兵はバカにされただけでなく、例えば沖縄戦では生存者がほとんどいない。物資を守り、生き物を連れているからぱっと隠れることができない。

広く遠い地平線に沈む太陽が美しい、と輝一は弟妹への手紙に書いたこともあったが、内陸なので夏は暑く、冬はひどい寒さになった。

風が強い。土がとばされ、雪もいっしょにとぶから、雪は白くない。

そのかわり、ソ連国境に近いのに除雪の仕事はなかった。

馬小屋までは、兵舎から二百メートルほどあって、耳を出して行くと凍傷になる。

マイナス四十度になることが多い。演習のときは「鼻かくせ」と号令がかかる。それでも、鼻と耳が凍傷になる。薬は赤チンをつけるだけ。鼻の赤い兵隊がうろうろしていた。

❇満州の日々を知る人たち

一年後、輝一は同期の加藤義夫さんと共に初年兵教育係になった。三十八名の同期生の中から、成績一、二位の者がなる。

この加藤義夫さんは一九九三年現在、札幌在住で満州・沖縄を通じて輝一と同じ中隊。奇蹟的に生き残った人で、輝一の戦死月日を伝聞により確定した人。

一九四四年三月、菊地実、山田清輔《せいすけ》両二等兵（現在、倶知安《くっちゃん》町在住）は、加藤輝一・加藤義夫兵長の教育を受けた。

加藤義夫さんの証言（輝一と全く同じ兵歴、ただし沖縄戦直前に海上挺身隊に転属。敗戦後の九月六日捕虜となる）。

テルイチと呼ばれていたよ。ぼくらはテルさんと呼んでいた。同じ中隊でも内務班（生活）が違うと、それほど親しいつきあいはないものなんだ。

テルイチさんは赤ら顔だったろう。そうそう散髪のとき気がついたのだけど、頭のうしろのはえぎわがかっこうわるくて、下の方が横に広がってのびていく。酒飲まなかった。

菊地実さんの証言（満州で二年先輩の輝一から初年兵教育を受ける）。

加藤輝一兵長も加藤義夫兵長も、初年兵をたたかない人だったな。輝一さんは訓練はきびしいが情けぶかい人だった。よくなぐるのは助教の一條軍曹で、「気違い」と呼ばれていた。

山田清輔さんの証言（菊地実さんと同郷。沖縄には行かなかったが、シベリア抑留され一九四九年帰還）。

助教の一條軍曹はひどい人だった。初年兵を木銃で突く。突き倒す。けとばす。加藤輝一兵長は、一度もたたかなかったね。上位の一條がたたくので機会がなかったのかもしれないけど。

宮下慶長《けいちょう》さんの証言（旭川・満州は輝一・加藤義夫さんと同じ中隊）。

テルイチは青年学校で訓練受けてきているから、一年かかるところを半年で一等兵になった。墓場で夜間訓練を受けているとき、〈突然人間に出会ったらどうするか〉と聞かれ、だれも答えられない。〈ダレカと聞き、同時に横へとびます〉とテルイチが答えると、やけにほめられた。そうそう初年兵のころ、女の話をしたことがある。みんな正直だ。三十一人中、女を知らないのは、宮下・加藤輝一・柴田の三人だった。慰安所は汚くて行く気になれなかった。

✻故郷という重荷

この時、札久留《さつくる》神社の跡にも行ってみた。近くで酪農業を営む旧友N君にも会った。彼は後継者にも恵まれ、国家が作った厳しい農業の現実の中でも、元気いっぱい生きている。人口減はあっても、なつかしく美しい故郷である（N君は、戦後パラオ島から引き揚げてきた）。

三年に一度くらいは訪れることができる私でさえ、紋別郡滝上という文字を見るだけで特別の感情がわいてくる。まして南の果ての沖縄本島で死に直面していた輝一兄の望郷の心は、どれほどであったろう。

近所の青年たちは帰還したのに、輝一兄だけが帰ってこない日々の中で、幼い私は「コウチャンは帰る道を忘れたのではないか」と長い間考えていた。死を認めたくないからそう考えたのかもしれないが、小学生になってもよく道に迷って泣いていた私の実感でもあった。

出征の日の寒い朝、故郷というものを輝一兄は大きく意識していたに違いない。テテンノウヘイカのため、という大義名分はもちろんあるが、札久留神社の前に立つ若者からは、テンノウはいかにも遠すぎる。

やはりこの山青く水清き故郷サックル、そして滝上の土地、そして愛する両親や弟妹たちのために——と考えたであろう。遠い大儀名分だけでは、朝の寒さが骨に響きすぎる。

「うさぎ追いしかの山」という歌、「ああたれか故郷を思わざる」という歌を聞くと、いつも私は涙が出そうになる。

しかし、一方では「故郷」は麻薬以上の効果を私に及ぼす。

戦没者慰霊祭などで「故郷」という二文字が入ると、戦争の本質である国権の発動と軍隊という殺人集団のイメージがうすれていき、兄を戦死させたことが故郷と本人と私の名誉とさえ、一瞬考えることもある。

そしてこの意識は、高校野球などでは異常に強くなる。国体（国民体育大会）はそれ、つまり故郷の名誉というものが麻薬であることの典型だ。

七歳の私は、「故郷の名誉」のためにひとりの出征兵士の老母をあざ笑った経験がある。

これは兄姉たちの話によってあとで再現した（先出の姉の話にもある）部分もあるが、輝一兄たちを送る行進の列の後方で、俵のおばさん（あえて実名を出させていただく）の泣き声が聞こえた。

「ぼう、ぼう、ぼう」という泣き声は、いつまでも続いた。成長したむすこを坊と呼ぶのもおかしかったし、ばあさんのように見えるのに母親だというのも、よその家と違っていた。

何よりも違っていたのは、笑って送り出すべきなのに泣くことであった。それも出征兵士を送る公共の場で、子どもでなく大人なのに泣くなんて――。上級生や大人たちは別として、低学年の私たちと在郷軍人の列のあたりでは、笑い合うことで行進はとても明るくなり軍歌もよく響いた。

出征兵士の母が泣きながら行進するのを他地区の人に聞かれるのは、郷土・札久留の恥だ。笑えば、その恥に気づかれずにすむ。

その後、年に二回ほど滝上町札久留を訪れた。バンノサワ川筋はここからさらに北へのびる道をたどる。私の生家あとは、農を継ぎ、やがて離農し農協に勤めた三兄嘉一《かいち》（現札幌在住）により、トドマツの植林地になっている。

しかし、北海道の周辺部での衰退は農業・漁業・鉱業だけではなくて、林業にも及んでいる。国民と地球の酸素を守るために、過疎地に「森林交付金」を出すべきだ、と私は真剣に考えている。

私は自分のいやなことも思い出してしまった。

それは前述の俵のばあさんをあざわらうグループに、自分もまじめに参加していたことである。おぼえたばかりのヒコクミン（非国民）という言葉を得意気に口にする、やせて寒がりの男の子が、ひょいと雪道に現れるのであった。

Ⅲ　初めての沖縄行き

❇慰霊とは何か

一九九三年二月下旬。私は初めて沖縄へ行った。滞在二週間では何ほどのことも考えられなかったが、兄が戦死した土地に立つと、はるか北東にある北海道という島のことを改めて考えざるをえなかった。

沖縄県出身戦没者が十二万人以上（うち住民九万四千人）に対し、県外出身兵は六万五千九百八人ほどであること、県外出身兵の六分の一、一万八百五人が北海道出身であることなど、沖縄戦の概要は一応知っていた。

以前、沖縄海洋博を見に行き観光バスに乗った長兄・誠一（一九九二年死亡）が、当時の司令官が英雄視されているのを見て、そのパンフレットを靴でふみつけた話も聞いていた。私は観光旅行では行きたくない、という気持ちをいつも持っていた。

生き残り兵の有志の人たちが、毎年のように現地に行き、苦労して遺骨を掘って集めて慰霊している。そのことに感謝していた。

しかし、個人が純粋な気持ちで遺骨収集し慰霊をしてくれているのに、それが地方自治体や国のレベルになると、戦争への反省がうすれ、戦死者顕彰の方向に利用されている、そのことを残念に思っていた。

長兄の家の仏壇の中の輝一《こういち》兄は、戦死したかわいそうな人であり、もう二度と戦争に肉親をとられてたまるか、という気持ちでいっぱいになる。一方護国神社での兄は、日本繁栄の人柱になった人という感じがしてくる。私は母の代理として一度だけ札幌の護国神社に参拝したことがある。歴史はくりかえすというから、戦争もあるいはしかたないのかもしれぬ、兄の戦死もしかたなかった、というような気持ちに少しだけ傾いたことがある。

家の中と外とでこのように両極端にゆれる自分の心は何なのだ。このおかしなブレを沖縄で考えてみたい、と思った。

✻寝台車で考えたこと

一九九三年二月、北海道上川郡剣淵《けんぶち》町字ペオッペの自宅を出発する（この前年五九歳であらゆる勤務をやめていた）。この朝の外気温はマイナス二十五度、積雪一メートル半。

コウチャンの死んだ土地として五十年間頭の中にあった沖縄へ、いよいよ行けるのだ。

札幌発十七時十三分の上野行き寝台特急「北斗星」に乗る。

せめて往路は兵隊たちが連れていかれたのと同じように、列車と船にしたかった。

寝台車で資料を読む。『昭和史の天皇3　本土決戦とポツダム宣言』（読売新聞社）。実録風の記述なので引きこまれて読むが、国家主義的・聖戦意識の用語と文脈に遺族としてやりきれぬ思いが強くなる。体を砕かれ裂かれて死んでいった兵隊を、人間として見るのでなく戦争要員とのみ見ている。天皇および軍首脳の責任を問う視点はどこにもない。見出しを拾うだけでも、次のようになる。

「肉弾次々に散る」「次々と残す辞世」「悠然、将軍の最期」……。

大本営の指示どおり書かされた戦争中の新聞と変わるところがない。この本が一九八〇年に初版が発行され、多くの読者がいるというのも日本の現実だ。

死者が徹底的に美化されていく方向がはっきり見えてきて、眠れない。精神安定剤を飲むが、津軽海峡トンネルを通過しても目がさえている。

初めて通ったトンネルはただの線路の延長だった。海の魚も見えないし、海水が頭上にぽたぽた落ちてくるはずもない。

しかし、科学技術や機械工業の発展が、まず戦争準備中の国家によってなされる事実を私は知っている。宇宙研究もあやしい。

翌朝。アナウンスで起こされる。大宮あたりらしい。

東側の窓に陽光。野菜の緑。青い麦畑。なんと菜の花。梅だろうか白い花をつけた木が見えた。

剣淵は積雪も多く、完全に冬だったのに、ここには木に花が咲いている。植物は二、三か月の差がある。日本列島が南北に長いのが実感できた。沖縄はどんなようすだろう。

ここでまた兄を思う。

酷寒の北満州から一転して沖縄へやられた北海道の兵たち。ソ連との衝突が予測され、危険で酷寒の満州へやられたのは、北海道の兵は寒さに強いからだ、と聞かされていた。

それならなぜ沖縄なのだと聞かれたどこかの幹部は、「寒さに強いものは暑さにも強いはずだ」と答えたという。そういう話が敗戦のとき十一歳だった私のような子どもにも伝わってきた。

やりきれんなあという思いで話が広まったのは、戦後のことかもしれない。

❇新幹線と国鉄労働者

午前十時すぎ上野着。新幹線に乗りかえる。

東京の高層ビルはこんなに多かったのか。

建築物が繁栄している。年に二回ほどは東京に出るのだが、飛行機でなく今回のように地上を走る列車で着くと、ビルの高さと量に圧倒される。

大都市の市民の生活と心の風景はわからないが、とにかくビルが繁栄を誇っている。

新幹線の席のまわりの人々の読むものに、景気対策とか不況の先行きについての大きな活字がおどっている。

その中で読む『昭和史の天皇』の続き、沖縄以外のものもつい読んでしまう。「沖縄玉砕す」の次は「幻の近衛特使」「ダレスの手紙」「松代《まつしろ》大本営」。

とくに松代大本営の記述がやりきれぬ。本土決戦になったら東京を捨てて長野県松代の地下壕に皇居を移す計画で、工事は七割が完成していた。少年を含む朝鮮人の強制労働があった。もし東京が占領されたら、そこは敵の管理する都市。日本軍が東京に爆撃を加えることになるから、東京の住民は殺される。すべてを犠牲にしてでも守るべきものがほかにあるのだ。それが沖縄戦で実証されたのだが、松代大本営計画はそれを東京でもやるつもりだった、ということになる。

〈本で学ぶのでなく、人やものに直接ぶつかってみたい〉と出発した旅なのに、つい本の知識に頼っている自分に気づく。

ほとんど一日いっぱい新幹線の中。窓の中も外も、どこまで行っても同じ風景だ。五時間たっても、駅周辺の建物などのデザインが不変というのは、どういうことなのですか。

午後四時ごろ、博多《はかた》駅着。ぶらりと歩いて国労事務所をさがし、日本最北端・稚内《わっかない》の元国鉄労働者の友人たちのメッセージを口頭で伝える。

情報交換のあと、夜は馬肉を食わせる店でごちそうになり、闘争団長Gさん宅に泊めてもらう。

沖縄行きと無関係のようだが、そうでもない。五年間稚内の農村地帯に住んでいるうちに、鉄道が切られた。旧国鉄天北《てんほく》線恵北《けいほく》駅周辺の風物が好きで住んでいた私の、短大への通勤の足が切られたのだ。個人的なうらみもあるが、まじめに働き国鉄切り捨てに反対した男たちが、それを理由に首を切られた。

一口にいうと憲法無視・人権つぶしの国策による暴挙だが、それを撤回させるため家族といっしょに明るく戦い続けている人たちと友人になってしまった（この国鉄の民営・分割事業により自殺者が二百人出た）。

初めのうちはオカミにたてつく集団なので、敬遠したい気持ちが私の側にあった。やがて、人間の誇りを金で売らないふつうの愛すべき人たちだということがわかってきた。きっかけは、子どもたちとの出会いだった。

良いお父さんはＪＲに採用になった。悪いお父さんが首になる。それなのに鉄道官舎から出ていかない――という形で子どもたちへの見えない差別があると聞いて、私の方から近づいていった。

鉄道も、産業も、文化も、端っこの方から切られる。

一九八七年から五年間住んでいた稚内市恵北の集落では、鉄道が切られ、郵便局が切られ、小規模酪農が切られた。

端っこから切られるという意味で、北海道北部と沖縄は共通の悩みを持つ。

❇暗い海で

翌日夕方、博多港から沖縄行きのフェリーに乗船する。

一九四四年夏に兄たちはここ(あるいは門司《もじ》港)から、絶望の船に乗せられた。空襲で乗船予定が狂ったという。

九州北部まで爆撃されているのに、敵の飛行場に近づくように南方まで連れていかれる。

その日の兄の心を考えていたとき、人間の泣き声がした。一方では、バイクといっしょに乗船しようとする若者たちの笑い声もする。

人間の泣き声だと思ったのは、ヤギだった。席をはなれて見に行く。

大きな木のおりの中で、白い体のヤギたちがひしめきあっている。泣くとき、口の中が赤く見える。子ヤギもまじる。

沖縄方面の無人島でヤギを飼えば、これはいいかもしれない。子どものころヤギを飼っていたが、夜間にクマにやられるのを心配した。離島なら天敵がいなくていいだろう。

出航した。

動き出してから、ヤギのことを船員さんに聞いたら、笑われた。ヤギ料理は沖縄の名物なのだという。殺されるのだ。

そのとたん、泣く声が今までと違って聞こえた。知らぬこととはいいながら、三年前まで稚内でもヤギを飼っていたというのに、私はヤギたちのことばがわからなかったのだ。だめだ。

ベッドに横になったが、眠れない。

夜中の十一時半、甲板に出て行った。

暗い。ほんとうに暗い。

小雨がふってくるその空も見えないし、空と海の境界も暗い。海面がどれほど暗いのか、ほんとうに波が見えないほどなのかを確かめたくて、柵の手すりにつかまって下をのぞく。

恐ろしかった。みんな眠りこんでいる真夜中に海に引っぱりこまれたらどうなる。いまは死にたくないと必死につかまっているが、もし何ものかの呼ぶ声に誘われたら、チェーンをすっとくぐるだけでよい。海に落ちて叫び声をあげてもだれも気づかず、世界中の海とも宇宙ともつながっているこの海は、表情も変えないだろう。海にイキモノの命が帰っていくのは、当たり前のことなのだから——。

世の中をうまく泳いできて、とり乱すこともない自分だから、絶対ここで命を落とすことはないのだと考えていても、見えないものが下から手をのばしている。真夜中にひとりでここにいること自体、何かに操作されているからではないか。立っていては危ない。船が揺れていないのに、ひざで歩いた。

幼いころのことを思い出す。

わが家の飼い馬のキツ（アイヌ語。木のうろを活用して作った馬のかいばおけ）の中に、放りこまれた。中は真っ暗だ。

助けてよ、出してくれと泣きさけび、足でけとばすと、やっと輝一《こういち》兄が両腕でかかえあげてくれた。暗い海の恐怖からの連想だろうか、五十年以上昔にもどっていた。「ごろつき」の多一が、ちょっとしたお仕置きとして馬のキツに放りこまれたのだった。

私は五歳くらいだったろうか、色が白く眼の下がはれぼったい青年の顔が私の上にかぶさって、世界は一気に明るくなった。お仕置きをされたのは、昼間だったのだ。

ごろつき（だはんこきともいった）は、多一の日常だった。何が原因であったか、どうしても思い出せない。ひとつしかないアメ玉をすぐ上の兄がつい食べてしまったとき、いくら謝っても許さないといってだはんこきをした記憶はある。別の形のアメを三倍にして返しても、あのきれいな色のあれでなければ絶対許さんと言い張った。腕力でも言葉でも負けるから、まわりの同情を集めるため狂乱して泣き叫ぶ。

夜の甲板ではっと気づいたことがある。輝一兄が助け出してくれたのだと思いこんでいたが、実はキツに入れたのも輝一兄だったのだ。戦死したかわいそうな兄さん、という思い入れのせいで悪人は別の人に回し、暗いキツから救い出してくれた良い人にしていた。

いやだいやだ、と泣きさけぶのをかまわずキツに入れられたとき、輝一兄の顔がほころんでいたこと、しがみついた腕が太かったことを、船上のこの夜、初めて正しく思い出したのだった。

沖縄戦生き残りの人の話では、船内は暑くて暗くて死ぬほど苦しかったという。乗船の港がすでに空爆され逃げまどった。そこまで敵機の侵入を許すような敗け戦の事実を見せられたのに、神国日本を信じさせられ、先行きも知らされぬまま船底につめこまれた。

兄よ、その船の中で何を考えたか。

死の予感と覚悟が少しずつ強くなっていったとしても、明らかに敗退を続けている南方の海へ送りこまれる無念さは、当然体の中でくすぶっていただろう。

遠い北海道のわが家、山の中のにぎやかな家族の顔と、頭の中で何度会ったろう。

考えてみれば、兵たちは行軍も戦闘も作業もなくじっとすわっていたのだ。頭の中だけはだれからも干渉も命令もされない。戦闘と死が前方にあるとはいえ、この船内の三日間だけが兵隊たちが自分の肉体を遠慮なく所有できる時間であった。自分の人生、肉親の人生を何度も何度も考えたろう。沖縄上陸後は、考える余裕もなかった。


手すりにつかまりながら、暗い甲板にかなりの時間すわりこんでいた。

海面の黒い闇から兄の亡霊が顔を出しても逃げないで会ってやる、という開き直りが人一倍臆病な私に出てきたのは、ふしぎなことだった。

もうひとつふしぎだったのは、兄以外の亡霊でもいいよという気持ちになったことだ。うちのコウちゃんだけのことだけで頭がいっぱいだったのに、ここにすわっていると名も知らぬ多くの若い死者の人生のことに思いが行くようになった。

恐怖がなくなったわけではない。小さく揺れてきしむ船。それは科学的にわかるのだが、船は揺れないのに船室へのドアだけがきしみ音をたてる。おかしい。

宮沢賢治の詩「宗谷挽歌《そうやばんか》」の一節が頭の中に出てきた。前年病死した最愛の妹とし子を体の中に残しながら、一九二三年八月二日の深夜、賢治は宗谷海峡をサハリンに渡る。

こんな誰もいない夜の甲板で／（中略）私が波に落ち或ひは空に擲《な》げられることがないだらうか／それはないやうな因果連鎖になってゐる。／けれどももしとし子が夜過ぎて／どこからか私を呼んだなら／私はもちろん落ちて行く。／とし子が私を呼ぶといふことはない／呼ぶ必要のないとこに居る。（後略）

こんなとき賢治の悲痛を思い出すなんてキザだと、自分を冷やかした。でも、そのおかげで、亡き父母の代理のつもりで感傷にひたった自分を少し客観視できるようになった。人はいつか死ぬ。自分も死ぬ。ただその死に方、死なされ方が問題なのだ。

Ⅳ　オキナワの痛点──一九九三年二月

＊ここがオキナワ

十六時四十分。島影が見えてきた。左手の近く見える岬は伊江島。その後に本島があった。北の方は建物がわかるほど近く見えるのに、兄の死んだ南端はまだ青くかすんでいる。雨もようの空。風が強い。その風が暖かいのに驚く。水平線を見渡す。地球がまるい。

十八時。那覇新港に入港しようとしている。

父母を連れてきてやりたかった。一九五五年死去の父はむりだったとしても、一九七三年死去の母ならチャンスはあったのに。

この島で死んだ兄よ。北海道北東部の山のほとりで生まれた青年が、なぜ、この島で体裂かれて死んでいかなければならなかったのだ。近代国家に組みこまれていなければ、そしてその国が生命を軽視しなければ起きない現象であった。川と山と村、その領域の中でただのイキモノの一種として生を全うできなかったことを、例えば小学生に説明するとなるとむつかしい。前提としての「国家」って何なのだろう。

入港を待っている間に、あきらめの心、一種の快感にも似た投げやりな心が立ちあがって来たのも事実だ。

ビル街を見たせいだ。戦火が全てをだめにしたという場所がこんなに繁栄している、怒ることも悲しむことも空しいのではないか。歴史とはこういうもので、死も荒廃も歴史のひとつではないのか。弱い人間は、それに流されて生きて死ぬしかない。

疲労から来たに違いない悲観論から私を救い出してくれたのは、昨日のヤギたちだった。港に荷物として下ろされ、またせつない泣き声を立てている。現実から眼をそらしてはいけない。ヤギは運命で死ぬのではなく人間に殺されて食われる。自分も食うだろう。その事実を美化してはいけない。戦争や軍隊による住民殺害を「天災」と考えることは、死者やヤギを逆に冒涜《ぼうとく》することではないか。戦争は「人災」なのだ。

少し元気になって、夕暮れの街に出て今夜の泊るところを探す。

「ホテル金の城」は、すぐわかった。

沖縄戦の生き残りで、輝一兄の同年兵であった加藤義夫さん（札幌在住）から教えてもらったホテルだ。

経営者の金城《きんじょう》茂さんは六十二歳で、私より三歳年長。飾った言葉のない人で、すぐに親しくなれた。亡き兄に会うための旅に出た私にとっては、これ以上考えられないような金城茂さんとの出会いだった。

彼は沖縄戦に実にくわしい。後述するが当然戦闘に巻きこまれて、くわしく聞くのが悪いような悲惨に出会っている。若いときから働き、努力して鉄筋コンクリート三階建のホテルを建てた。現在はもう古くなってきたが、帳場もロビーも風格がある。食堂には旧日本軍の遺物が展示されている。

「いつのまにか、北海道から来る慰霊団の定宿になっていて、いろいろな部隊の人を戦いの場所に案内しているうちに、自然にだれよりもくわしくなったんだ」

茂さんは照れながらも、自信があるようだった。生き残り兵も遺族も、自分の部隊のことしかわからない。日本軍全体の動きは一兵卒ではつかめなかった。彼は本も読み、生き残り兵を案内しつつ聞くし、何よりも体験がある。

何でも答えてくれる。旧軍隊の組織や装備について不勉強な自分に教えてくれる。

❇沖縄戦の現場へ

翌日、宿の主人茂さんの車に乗せてもらって、待望の現地へ行くことができた。

北海道の男が、戦死した兄をひとりで訪ねてきた。慰霊ではなくただ確かめたいだけ。こういう私に、茂さんが同情してくれたのだと思う。〈兄はもしかすると住民を殺したかもしれぬ。命令にも素直なまじめな人だったから〉という思いは口に出さなかったが、どことなくわかったのだろうか。とにかく、初めから親身になってくれた。

私は遠慮したのだが、自分の農場（生まれ育った旧真壁村《まかべそん》にある）に仕事に行くので、そのついでだから乗せてやるという。タクシー代が助かった。

「遺族会の人たちのコースを行ってみよう」

仕事のついでといいながら、本格的に案内してくれる。

小型トラックの助手席から見る初めての沖縄の風物は、何もかもめずらしい。さらに茂さんが次から次と説明してくれる。頭がいっぱいになる。必死で走り書きのメモを作る。

「満州からきた軍隊の上陸は、昭和十九年八月二日から七日ごろまで、那覇港から読谷村《よみたんそん》に入った。そこに十二月半ばまでいて、そのあと武《たけ》部隊がぬけたあとの南部に移った。輜重《しちょう》隊は与那城《よなぐすく》のはずだ」

「ここが、天久《あめく》。アメリカ軍がシュガーヒルと呼んだ激戦場。元は松の大木があったが……」（いまは、わずかに丘の形に草が生えているだけだ）

「この道の左側がアメリカ軍全体の補給基地があった、宮城《みやぎ》だ」

「浦添城趾は、北海道の月寒《つきさっぷ》連隊がいたところ」

沖縄の桜（寒緋桜《かんひざくら》）の花はもう終わって、ところどころ花が残っている。赤い花はハイビスカス。

「いまが花の盛りですか？」

「年じゅう咲いている」

「この前田高地。ここもひどい激戦地だ。むこうの低い丘に建っているのは、琉球大学」

茂さんが、車の中でガムをくれた。こういうときのオキナワ語は全くわからないが、要は包み紙をとってかめばいいのだろう。

「ここが嘉数《かかず》高地。ここの六二師団は北支《ほくし》から転戦してきた」

「慰霊団が毎年のように来る。ここら馬蹄《ばてい》高地と呼ばれていたところ」

茂さんの説明を必死でメモするうちに気がついた。茂さんは、一九九三年と一九四五年をいつも同時に考えている。これに対し慰霊団の人々は、私が直接会っただけでも過去は知りたがるが、沖縄のなまの現実にはあまり関心を示さない。

肉親の死の状況をつかみたい、慰霊したいという気持ちはわかるが、身内のことしか考えない慰霊団体旅行は、それがつい大名旅行になりがちな点も含めて、現地沖縄に今も戦争をひきずって生きている人々にとっては、つらいことのはずだ。

そのとき、サハリン墓参団に参加した友人で、歌人のKさんの言葉を思い出した。Kさんがつらかったのは、遺族のほとんどが肉親のことだけしか考えず、すぐそばに他人の墓があっても手を合わせることも祈るそぶりも示さない。ましてや日本がサハリンに置き去りにした朝鮮半島の人々の現在については考えもしない、ということだった。

✻金城茂さんの原体験

「茂さんは、どうしてそんなに熱心になれるんだろう」

案内してもらっているのにこんなことを聞く人はいないだろう。茂さんはぎょっとしたようだ。車をとめて、きちんと説明してくれた。

これほど身を入れるようになったのは、ひとつには、沖縄戦で死んだ(「自決」した?)父や母たちへの思いがあるから。

もうひとつは、かわいがってくれた日本兵への思いだ。本人や遺族にいつか会いたくて、そのために沖縄戦の勉強をした。特定のなつかしい人がいるのだろう。茂さんは涙ぐんでいた。もちろん、いじめられた兵隊のことも忘れない、という。

「これが、西原の塔。西原村の役場の跡の一角に道東出身の八九連隊の人たちが建てた」

「これが、弁ヶ岳（首里）。ひどい激戦地で私の兄の幸助もここで死んだ」

まだ少年だった兄の幸助は護郷《ごきょう》隊に入れられたのだが、あの年の五月二日の砲撃でやられた。輜重隊の人が体に葉っぱをかぶせて自宅まで運んでくれた。家族みんなで迎え〈遺体引取り〉に行ったのを思い出す、と。

このときではないが、若い兵隊がヤギを殺して肉を焼いて食っているのを見た。空腹のわれわれには一口もくれなかった。

兄輝一が輜重兵だったので、輜重隊のことも話してくれる。

「ここが新川《あらかわ》弾薬庫だ」

輜重のトラックは、往きは弾薬を積み、その帰りには兵隊の死体を積んできた。戦後はこのあたりは白骨街道と呼ばれた。トラックが砲撃でやられたあとの運送は、体の小さい地元の馬と小さな馬車だった。

「日本軍は、頭から地元民はスパイをする、と疑っていたんだよ」

車は南風原《はえばる》十字路を通って、茂さんの農園がある真壁村に着いた。ここが茂さんたちの生まれ育った所で、土地は成人したのち茂さんが改めて買った。ビニールハウスも建っている。

茂さんは水を運ぶ。

作物はみんな珍しい。タロイモ。花をつけ始めたマンゴーにパパイヤ。日本の国土がいかに南北に長いかがわかる。カボチャの黄色い花を見たときは、とくにこの感じが強かった。北海道でカボチャの花が見られるのは、半年後なのに。

マンゴーの木は茂さんがわざわざ取り寄せたもので、うまく育って実るようになれば、沖縄の新しい産業になるかもしれないという。そうなれば基地や観光に頼らなくてもやっていける。口には出さないけれど、茂さんの挑戦の心が伝わってくる。

少し黄色くなりはじめたパパイヤの実を取るのを手伝った。これは翌日の朝飯のおかずになった。大豆が十センチにもなっている。サヤエンドウが花をつけている。畑を作っている私は次々とメモをする。豆の白い花を見て、まだ雪の下のうちの畑のことを考えた。

❇馬部隊本部跡

いよいよ、兄が属していた米屋《よねや》隊の本部跡地に連れていってくれる。

地名は与那城。小さな集落ごとに地名が違い、小さな流れ一本越えると言葉のなまりも微妙に違うという。温暖な土地で歴史のあるここでは、徒歩で往来できる範囲が村であり集落であったのだろう。

茂さんの小型トラックは細い道に入っていく。サトウキビの刈り取りをしている人たちがいた。この光景も初めてだ。ニラ畑の間の道を上っていく。このあたりも、道路新設工事があちこちで行われている。

車が止まった。

「馬部隊の、馬の水くみ場だ」

道路より低いところに、コンクリートの枠の跡が見えて、草がかぶさっている。馬小屋はもっと上だというから、兵隊たちがここまで水汲みに下りてきたのだ。

さらに登ってから、車を降りる。方向を教えてくれただけで、茂さんは私をひとりにしてくれた。

さあ、いよいよ兄に会うのだ。

めずらしい照葉樹林が丘の形を作っている。その丘を回りこむように進むと、ガマ（自然の洞）が口をあけていた。道の左手は木が茂りその下のわずかの崖のところに、敵に追われたら逃げこみたくなるようなガマが細長い口を開けている。危険防止の意味なのか赤いビニールテープが張られている。

馬部隊の本部があったというだけで、ここは兄の死んだ場所ではない。その場所はもちろん特定できないが、真栄平《まえひら》の周辺らしい。

それでも、この場所にしゃがみこんで手を合わせた。

十三歳も年上の兄なので多くの記憶はないが、写真の中の輝一兄の顔が、そのとき私の頭の中にいた。私は、亡き父母のかわりに手を合わせているような気がして、ふしぎなことに当事者としてのせつなさや泣きたい気持ちにはなれなかった。ふと見ると、ローソクと線香が土につきさしてある。この隊の生き残りはほとんどいないし、遺族でもないようだから、どこかの宗教団体が来て行ったのだろう。遅れてきて私を見守っていた茂さんがそう教えてくれた。

長さはかなりあるが土がくずれてせまくなっているガマの入り口に、顔をつきだしてみた。兵隊たちのものらしい靴の残骸がたくさん見える。

靴底を一枚、拾いあげた。先っぽから三分の一ぐらいの部分で、わずかに釘穴と釘が一本残っているが、風化して土になりかけている。

さらに、鉄製のあぶみ（乗馬のとき足をのせるもの）一個を見つけた。赤くさびてはいるが、長い間ゆるやかなカーブの鉄の形を保ち続けていたのだ。

「よく見つけたな。馬に乗るのは隊長か下士官だから、めずらしい。よく残っていた」

茂さんが幸運を喜んでくれる。米屋隊長の遺品かも知れないし、戦死した月に軍曹になっているはずの輝一兄のものだという可能性もある。

靴底の皮とあぶみ、それに土になりたがっている感じのもろい石を数個、わたしはビニール袋に入れた。

いま、それを机の上に広げてこの部分を書いている。かなり複雑な気持ちだ。

沖縄の人間と大地の霊に大きな迷惑をかけたのに、勝手に遺品を持ち帰った後ろめたさ。

もうひとつは、本当はあそこの土になりかけていた三つのものを、当時住んでいた剣淵《けんぶち》町に連れてきた申しわけなさ。兄姉たちに報告し見せ終わった今となっては、元の場所にもどすべきではないのか。

霊にとってはいいことではないので、するべきことをきちんとした方がいい――という沖縄の友人Yさんの言葉もあって、私は帰宅してすぐに剣淵町の曹洞宗の寺へ行き、事情を話してお経をあげてもらった。それによって霊が離れたとかどうとかを素朴に信じられないが、少しは気持ちがおちついた。

一方では、手元に置く気味わるさと申しわけなさが依然として残る。また、人間の生命は靴の底皮にもかなわないのだ、という実感もある。

物質は物質だ。炭素化合物と酸化した鉄にすぎないのかもしれぬ。それにもし、何かの力で私に災厄がふりかかるとしても、しかたないのではないか。沖縄の人間と土と昆虫たちをああいう目に会わせた側のひとりとして、戦争を止める方に力を貸すことができなかった亡き父母の子どものひとりとして、災厄はがまんしなければならないのかもしれない。死にたくはないが、この遺品ともう少し行動を共にしてみよう。

❇米屋隊宿舎跡

南西の方向すぐ近くに八重瀬岳《やえせ》が見える。その一帯が沖縄戦末期に激戦と混乱があったところで、八重瀬岳の少し西南が真栄平だ。

「むこうに馬小屋があったのでないかな」

茂さんにいわれてさらに道を進む。すると行き止まりになっていて、養鶏場があった。馬小屋の跡を養鶏場にしたようだが、いまは鶏の姿が見えない。廃業したような感じのケージの中に一羽の大柄な白色レグホンのオンドリがいた。えさはもらっているようだから近くの農家のものだろう。がらんとした大きなケージにオンドリが、一羽だけ閉じ込められている光景はつらかった。

ガマのある丘のその下に、与那城の集落があって、戦前のものと思われるりっぱな門と塀を持つ家がある。沖縄の街中の辻によく見られる「石敢當《いしがんとう》」がここにもある。

ここらの民家に、輜重隊の馬部隊である米屋隊の隊長や下士官が寄宿していた。兵は、馬小屋の近くに仮宿舎を建てて生活していた。それも激戦になる前の短い期間であった。

こういうことも、長い間の慰霊団体とのつきあいと学習の結果として、金城茂さんがたくわえた知識だ。

何でも知っている人にいきなり出会うことができて、あっけないほど早く米屋隊の跡に立つことができたのであった。

茂さんが血を分けた兄のように思えてくる。私の姉たちなら、コウちゃんがひきあわせてくれた、というだろう。

＊南北之塔

さらに車で案内してもらう。

道路のそばでサトウキビの刈りとりをやっている。これは一回植えると五年ほどはそのまま収穫できるというが、本格的なサトウキビ栽培もまた現在では収益をあげるのがむつかしくなっている。

根が小粒のニンニクのようになっているピンクの花がある。畑にとってはとても悪い雑草であり、昔、中国からこれを持ちこんだ人は罰せられたという。

八重瀬岳を北から登る道を少し行く。頂上は現在自衛隊の基地になっていて、レーダーらしきものが見える。ミサイルがあるだろうという。

八重瀬岳と与座《よざ》岳の間の道路を南へ進む。このコースを野砲がたった一門しかなくて退却していった部隊もあった。

小高い所から南の真栄平の集落が見える。兄が「負傷した部下たちを励ましながら退却していった」ところをだれかに目撃されたという場所だ。どのあたりの、どのコースだろう。今はたしかめるすべもない。

真栄平の集落でも、敗残の日本兵による住民殺害が行われている。

「うちの兄も、やったかもしれない」

私は、やっと声を出せた。

「いや山部隊の人ではなかった、と住民は言っているよ」と茂さん。

満州から転戦してきた部隊は、山〇〇隊と番号で呼ばれていた。山部隊の兵隊はこのあたりの陣地作りで住民といっしょに何か月か生活していたので、いくら半狂乱になっても住民を殺すようなことはしなかったろう、ということらしい。どちらにしても確証はない。

南北之塔に出た。

北海道出身のアイヌ青年の戦死者も含めた慰霊碑である。古代の文化に共通性をもつ北と南の民衆の連帯の意義がある。北海道から来たアイヌの人々と地元の人々が遺骨を拾って集めて収めたという。朝鮮人がそうされたように、旧日本軍の体質ではアイヌの兵に対する隊内での差別があったろう。今でもアイヌ民族に対する差別の根は深い。内にも外にも敵を見つつ死んでいった（殺された）アイヌの青年たちのことを考えると、輝一《こういち》兄の死の現場を特定できないという多少の不満などは、すでに小さくなっていた。

この碑を建てたアイヌの弟子豊治《てしとよじ》さんに敬意を感じた。十代のころから「軍人勅諭」を暗唱できてまじめ一方だった輝一兄が、中間管理職のような立場にあって、この青年たちや地元沖縄出身の兵や住民にどういう態度で接したか。それが気になる。

さらに車を走らせて「山雨の塔」に出る。

いまは道路の下になっている地下壕に「山」部隊と呼ばれた第二四師団の拠点があり、師団長の雨宮巽中将がここで「自殺」した。

その地下壕に行ってみたとき、「死」と「生」は沖縄ことばで何と呼ぶのだろう、とぼんやり考えた。死はトウタビ（唐旅か。遠旅という意味はないのだろうか）、生はウマリンと茂さんが教えてくれた。

❇萬華之塔

真壁村（正式には糸満市真壁）にある萬華《まんげ》之塔の前に立った。先述のとおり茂さんの生地である。一九五一年八月十五日建立とある。

真壁村の住人が、二万人の骨を拾い集めて、自分たちで金を出して作ったものだ。この証言者がここにいる金城茂さんだ。これほど確かなことはない。

「本当は骨が出て出て、畑仕事にならんかった」

茂さんはこう言って笑うが、小さな村（集落）で二万個の人骨を収集して納骨し、慰霊碑を建てる労働量は大変なものだと思う。

「目の穴に針金を通して、両手で八個くらいの頭骨を運んだりしたね」

何年もかかって、毎日毎日拾って集めた。家のまわりは先に集めた。畑の方は出てくるたびに拾って納めた。

碑を建てる工事費も、全部地元の人たちが少しずつ出し合った。輝一兄の遺骨がもし村の人々に見つけられたとするならば、この萬華之塔か南北之塔の無数の人骨の中に混じっている可能性が強い。

戦後まもなく、本土の私たちが自分たちだけの生活のために生きていたころ、真壁村の茂さんたちは、歓迎したくない荷物（人骨）を家屋敷や畑の中に放置されて、それを迷惑だと怒ることもせず、カネを出し合って納骨堂と慰霊碑を建ててくれたのだ。

敗戦のとき、茂さんは十三歳だった。

「戦災孤児の自分でも、十円出したのです」

納骨・慰霊碑のための寄付者名がコンクリート壁に書かれているが、風化もあって読みにくい。私は必死に探した。二人で探しても見つからない。

あきらめて別の話をしているときに、茂さんが静かな声をあげた。あった。〈東長尾小　十円〉という小さい字。

私は、金城茂という文字を探していたのだが、屋号で書いてある。アガリナゴウグヮと発音した。日があがってくる方向だから東はアガリ。十三歳で一家の柱だから、小ではないようだ。生家そのものがそう呼ばれていた。大きな農家ではない、ということを示すものかもしれない。

近くに砲兵山吹の塔があって、その碑面にはなぜか明治天皇の和歌が刻まれている。慰霊とか部隊の生き残り兵の気持ちはこのようなものなのですか。沖縄戦に昭和天皇の責任はないのですか。明治天皇が朝鮮と中国への侵略戦争をおし進めたのではないですか。

地元新聞が戦争特集の続きものをやったとき、砲兵隊の遺族や生き残りがどのように話したのかわからんが、遺骨収集と納骨堂は彼らがやったことのように新聞には書かれた。しかし、地元の人たちが「わずかの金」を出して、とも書かれた。茂さんはそのことに不満を持っていた。当たり前だ。

さらに、この砲兵隊の慰霊祭が行われたときのこと。地元の老人たちがお金をもってお参りに行ったが、地べたにすわらされた。本土からきた関係者は椅子にかけていた、という。

このことを言ってくれる茂さんに、私は親しみと敬意を感じた。耳も痛かったが、本土の遺族団が地元の人々を現在でもどう見ているのか。おかしいものはおかしいと言いたい、という茂さんなのだ。それを私によく言ってくれたと思う。

「そのあと、国がいらんことをして摩文仁《まぶに》に納骨堂を建てたが、納める遺骨がなくてあちこちから集めた。あちこちの住民が建てた納骨堂から持っていったから、中身がカラになったものが各地にある」

「萬華之塔からは多くは持ち出さなかったが、私がここに六年間預かっていた遺骨は、この間見たらなくなっていた」

茂さんの眼に涙が浮かんでいた。他の人にはこんなに感情を見せる人ではない。兄たちの骨を少年の茂さんたちが集めてくれて、食うや食わずの中から当時で十円も出してくれた。

民間人はよけいなことをやってくれたという感じで、天皇が摩文仁を訪問する予定があるからと遅ればせに納骨堂を作って、遺骨をあわてて集めた国のやり方に、遺族である私も不満がある。そういう遺族（私）だから、安心して話してくれたのか。茂さん、ありがとうございます。

胸がいっぱいになって握手したかったが、日中だったし照れくさいのでやめた。

いわば聖地となっているこの敷地になんと「八紘一宇《はっこういちう》」と書かれた碑が立っている。どういうことだ。建てた人は真壁村の寺の住職で、一九八五年に八十五歳で亡くなった。（この記述は一九九三年に見たものを書いたものだが、この八紘一宇の碑は、現在は撤去されている。しかし五回目の学習が終わったあとの二〇一五年三月、国会審議の中で「八紘一宇」を肯定した女性の自民党議員がいた。無知そして挑発と思われるが、しっかりと生きている。）

「こういうものがあるから、イタズラされるのだ」

ほんとうに同感だ。侵略戦争や沖縄戦の住民無視を支えた当時のスローガンを、戦後になってから建てる神経はどうなのだろう。しかも、僧侶の方がやったのだ。

馬魂碑

大きな樹が茂っている。クワデサー（墓の木）と呼ぶ。人の泣き声を聞いて大きくなるのだ、と教えてくれる。

❇馬魂碑

一九九〇年に山三四八〇部隊生き残り有志が建てたものだという、馬魂《ばこん》碑が立っている。碑を建てればそれで一件落着という心理と慰霊の心は理解できなくもないが、本土から行った兵隊の思い出のための碑を、今なお米軍と自衛隊の基地に圧迫されているこのせまい島に、やたらに建てるのには疑問を持つ。しかし、死んだ軍馬に思いを残すこの碑は、その気持ちがわかる。

でも、馬と同時に馬よりもひどい死に方をしたこの地の老人や赤ちゃんへの気持ちは、どう表現されるのだろう。こんなことを言うと、輝一兄に同情してくれている生き残り兵の人々に非難されるだろうか。

この文をいま読んでくれている人は、筆が先へ進まず立ちどまって考えてばかりいる書き方に不満を感じるかもしれない。しかし、この〈止まって考える〉のは私にすればほんの一瞬のことで、例えば馬魂碑から木の梢に視線を移す十分の一秒くらいの間に現れる「もうひとつの現実」なのだ。ただ文字で書くとこんなに長くなる。でも現実である以上書きとめたくて、走り書きでメモする。

私の見たものが現実のひとつである証拠には、茂さんも私の十分の一秒の時間に入ってきた。そして、同じものを見たのだと思う。そうでなければ前日初対面したばかりの人間に、大変なことを話してくれるはずはないのだ。

❇茂さんの人生

ここで金城茂さん（一九三二年生まれ）自身のことを記す。

アメリカ軍が侵攻してきたとき、かねて日本軍から渡されていた手榴弾《しゅりゅうだん》を中心に家族全員が頭を寄せあい、茂さんが爆発させた。

気がついてみると、茂十三歳、妹の好子九歳だけがふしぎにも生きていた。そのときのようすを、私はくわしく聞くことができなかった。こんなところで残酷に問いつめなくとも、後で資料を読めば推察できる。

「妹と二人で戦災孤児だ。食うものがない。村の中でもばかにされる。よその家に入っていくと、ものをかくされる。食いものをかくされる」

安易に同情はできぬ。私もかくしただろう。北海道の農家の子である十一歳の私は、戦災にやられ帰農者という美名で流れてきた大阪の人々を迎える側だった。そこの子どもたちがうちのイチゴ畑に入りこんでいるのを、私が追いはらった。小石も投げた。

鬼のように怒った父親は、私をひとりで謝罪に行かせた。

イチゴをいっぱい入れたかごを持って、草がかぶさってせまい道をたどった。夜の道が恐ろしくて半分泣きながら、この原因を作った大阪弁の子どもたちを憎んだ。ランプの灯の下で夕食を食べていた子どもたちは、ついに私の方を見なかった。

初めのうち、米軍のキャンプのあたりに寝場所を見つけた茂さん。アメリカ兵にかわいがられた。アメリカ兵にお菓子をもらっては、小さい子どもたちに配った。海で美しい貝殻を拾ってきて、それをアメリカ兵の家族にあげて喜ばれた。

ある日、孤児院の前の道路で、妹の好子にばったり会った。死んだとばかり思っていた人に会えたのだ。

楽な生活の米軍キャンプをとび出して、妹のいる孤児院に入れてもらった。

そのあとで那覇に出てシューシャープ（靴直し）をやった。いろいろな仕事をした。

本当は沖縄戦の前に九州の熊本に学童疎開するはずだった。親の連絡のちぐはぐで実現しなかったが、考えてみると沖縄に残っていてよかった。親たちやきょうだいの遺骨の場所がわかるし、慰霊もできる。

家号《やごう》になっているアガリナゴウ（東長尾）は、ある農家で三代にわたってただ働きをやらされてきたが、父親がもうかんべんしてくれといって独立した。今、ホテルはほとんど妻にまかせて、通いで農業をやっているのは、村の人々に見せる意味もあるんだ、と。

マンゴーの苗を初めて植えて夢を語ったとき、台風の被害を心配する人がいた。「台風よりもあんたらの口が恐ろしいよ」と、言ってやったという。

問わず語りに茂さんは自分史を語ってくれた。言いにくいことも含めて語ってくれた。こんなに大切なことを立ち話で聞いたのか。それとも畑仕事をする茂さんに私がついて歩いたのか、どうしても思い出せない。

私にとって、長い一日であった。

❇平和祈念公園で立ちどまる

一九九三年二月二十八日、この日の茂さんとの話。

「生き残ったものの務め、ということもあるけど、なつかしくて遺族の案内にのめりこんだんだ」

十三歳のころの茂さんは、戦闘前の何か月間、実によく日本兵とつきあった。かわいがってくれた人にいつか会えるのではないかという思いは、亡き父母や家族といっしょに暮らしていた日々への思慕もあるだろう。

「しみじみとした遺族に会えるのはうれしい」ともいう。

人形を抱えてきて、戦死した息子の結婚式をあげた母親もいた。

生き残りや遺族に頼りにされ友だちもふえた。すべて、北海道の人だ。数年前、招待されて北海道旅行に夫婦で行ってきた。つきあいが楽しいという。


この日は自分のレンタカーで回ることにした。

十時四十五分、平和祈念公園の駐車場にたどりついた。

レストラン平和園の呼びこみのアナウンスが哀願の調子で、そして大音量なのが、遺族としてはせつない。せめて本土企業でなく地元の人の経営でありますように――。

この店の構内にみやげもの屋があり、その前にアメリカ軍のロケット砲弾の残骸が二発、飾りとして置いてある。明らかに「殺人機械」であるものを思い出だけのために飾るのならやりきれない。戦争反対という前提なしの展示なら、やめてくれ。

このあたり一帯が海に面した南部戦跡国定公園になっており、その中に県立平和祈念資料館、国立沖縄戦没者墓苑、各県や団体の慰霊碑が多数ある。

島守《しまもり》の塔という堂々たるものがある。折よくその前面にバスガイドつきの団体がいたので、その中にまぎれこんだ。そうか、この手があるなあ。

自分で調べないで一方的に説明を聞くというのは、何と楽しく気楽なことだろう。うまくいけば間違って折詰弁当がもらえるかもしれない。島守の塔についての知識も見解も、ガイドさんが私の代りにやってくれる。

ガイドさんはベテランらしい。しかしその説明は戦没した島田県知事を神様扱いにしすぎる。戦没の県職員をも。軍隊と県知事の命令で、労役も食糧も生命までも提供させられたふつうの県民の霊はどうすればいいのだろう。「集団自決（自殺）」で大人に殺された赤ちゃんたちの名前を刻んだ慰霊碑は建てなくていいのでしょうか。

島守の塔というが、島をだれが守ったのか。かりに守ったとしても、県のお役人だけが守ったのではないでしょ。

折詰弁当をあきらめ、美声のガイドさんを無視し、私はメモに力を入れた。

島守の塔の建立は、一九五一年。その横に一九七一年に建てられたものがある。その碑文。

「島守の塔にしづもるその み魂／紅《くれない》萌ゆるうたをききませ／第三高等学校野球部有志建立／由来・島田 叡《あきら》氏は三高東大卒　最後の沖縄県知事（後略）」

県民のために努力した方だという資料も読んだが、それはボランティアとしてやったのではなく職務であった。美しい石碑を建てた人々の気持ちは遺族の私は十分理解できるが、多くの戦没職員の出身学校有志がみんな別々に建てたらどういうことになるのだろう。三高出身でない死者の霊も遺族も

「紅萌ゆる」の寮歌を聞かされる。義務教育だけの職員の霊も三高の歌を聞かされるのですか。

こんなことを書くのは、不謹慎だろうか。

それでも書いておく気になったのは、各県各団体の慰霊碑の碑文を読んでまわっているうちに、慰霊し平和祈願をするその「美文」の氾濫が悲しくなったからだ。

共通するのは「大東亜戦争」という呼称。東アジア各国への侵略者・加害者としての視点はゼロに近い。かりに現在の視点が違うのなら金をかけてでも「太平洋戦争」と変更しなければ、後世の国民への責任が果たせない。石に刻んだのだから変更できないという反論もあると聞くが、それならいったい石碑とは何だろう。やる気なら削って書き直すことは簡単にできます。

もうひとつ共通するのは、各県の知事名が仰々しく出ていることだ。無名の遺族の心はどうすればいいのだろう。

遅くに建てられたものや日本復帰後のものは、必要以上に明るくそして変に美術風であり、デザインも碑文も「死なせてごめんなさい、安らかにお眠りください」という調子から一転して、「平和のためにあるいは国のためによく死んでくれました。あなたは英雄です」とでもいうようなものに変わっている。「美術」といわれれば、素人の私はモノを言いにくいが、専門家の岡本太郎氏は批判しているそうだ。

「そのデザイン、珍無類なこと噂にたがわず。正気の沙汰とは思われない。地方官僚とか政治ボスなどがいかに美に対してセンスがないかがわかる。グロテスクデザインのコンクールだ」（大田昌秀著『死者たちは、いまだ眠れず』）

それらは概して金をかけたものが多い。これはもう「慰霊」ではなく「顕彰」だ。

戦没者のうち自分の命と霊の尊厳を今も（今こそ）大切にしたい人は、こう質問してくる。その声を書きとめる。

「国家の命令でまた死ねというのか」「自分がなぜ死なねばならなかったのかを徹底追求し記録してくれないで、安らかに眠れといっても眠れるものか」「国民一人ひとりの戦争責任・軍首脳と天皇の戦争責任を不問にしてやたら慰霊碑を建ててそれで済むのですか」「いま私たちの慰霊碑に手を合わせたそこの人、拝めば済むものじゃないよ。平和憲法をどう守るの。『従軍慰安婦』の問題、国連ＰＫＯやＰＫＦの問題をどう考えるの。どう行動するの。ほら、北海道から来たというそこのめがねの男。どうするつもりなの」

慰霊碑の奥の方から聞こえてくる声に、私は答えることができなかった。ただ、輝一兄の声もその中に混じっているかもしれない――という感じはつかめた。そのとたんに、うちのコウちゃんのことだけでいっぱいだった私の頭の中の空間に、見知らぬ別の兵隊も入ってきた。大げさにいえば人間や家畜だけでなく、樹や昆虫や魚たちも入ってきた。激しい艦砲射撃で地形が全く一変したという。地面にいた彼らはどうなったか。北海道で私たちがやっているゴルフ場や国立公園内道路建設反対どころの話ではない。

青森県のみちのくの塔にたどりつく。

無名の県民の悲しみと反省がくみとられるいい碑だった。死者たちの故郷の自然石をわざわざ運んできたらしい。

入り口に短歌三首が大きな石に刻まれていて、その一首。

「宇つり香のきゆるが惜しと年ころを　洗はですぎし吾子が衣よ」

こういう一首もある。「征きしままとなりはてしかとわが胸に　かへりきまさぬひと日とてなし」

うちの母親もこうしたのだろう。大家族のだれにも気づかれない場所で母は泣いたか。私はこの短歌を読み、涙が汗といっしょに流れるのをどうしようもなかった。短歌は人を泣かせる力がある。泣くだけではすまないぞ、と自分に言う。

でも、短歌的抒情は問題をあいまいにする。その効果があるから天皇家の人々の「和歌」があちこちで活用されているではないか。しかし、皇族や県知事の歌ではなく、死者の母の作品を県出身兵のための碑の前面においた当時の青森県の関係者の人々に、私は敬意を感じた。

デザインコンクールのような他県の巨大なものは、ぞっとした。金のかけすぎだ。

＊慰霊とは何だろう

小雨が降ってきた。売店の前のベンチに坐り、生パインジュースを飲む。二百円、うまい。持っていなかった『沖縄戦記録写真集』など三冊をそこで買う。四千六百円。絵はがきをおまけしてくれる。店の女性は、サイパン島で生まれ二歳のとき敗戦後の沖縄本島にひきあげて来た。というからおよその年齢はわかる。その人から、慰霊の花束を買っていく人がいる。仕事のじゃまをしないように気をつけたが、ついしつこく話しかけてしまった。

なるべくたくさんの、無名のただの生活者の人と話したかったのだ。沖縄戦のことは、数多い資料や記録を読めばかなりくわしくわかる。日本軍による住民殺しや集団自殺の事実を教科書から排除する政府や過去を美化する歴史観が多くなっている現在、印刷物はある意味では危険だ。いっぽう、沖縄の地元出版の戦争記録の本は、本土ではなかなか手にはいらないし、紹介されることも少ない。私も沖縄に来て買った本によって、自分の無知を知った。

自分は名乗るが相手の名前は聞かない、という暗黙の了解が成立すれば、輝一兄のことを話した後であれば、未知の人もかなり体験を話してくれた。

「このあたりの子どもたちは、どこの小学校に行くのでしょう」

「米須小学校。そのあとは真壁中学校まで行くね」

こんな話をしていると近くの店の女性が二人寄ってきてくれた。沖縄戦のとき宮崎県に疎開していて命助かったひと。親や家族のことは聞けなかった。もうひとりのかたは、昭和十一年生まれで家族七人が死にひとりだけ助かった。にこにこ顔で話してくれるが、かえってつらい。

このあたりがひとつの観光資源として栄えていき、働き口ができるのは結構なことだが、戦争の悲惨と反省は、観光のゆえをもって薄められていく。隠される、といってもよい。

旅行から帰って偶然手に入った一九七五年海洋博のときの観光リーフレットがある（東京都中央区レストセンター社）。

本土からの観光客を目当てに作られたこの印刷物には、海中公園とか闘牛とか守礼の門とかはあるが、住民の集団自殺・日本軍の住民殺し・現在のアメリカ軍の基地の広大さやアメリカ兵の婦女暴行などについては、全く視線も当てていない。

大田昌秀知事（当時）が提唱していたように、沖縄が戦争の悪を伝え平和を希求するための国際的な場になることを強く期待したいが、その場合観光は両刃の剣になる。客も企業も、戦争の本質と実態を隠すためには、一致協力するだろう。娯楽と快楽にとって、大人に殺された子どもの写真は邪魔になる。

一時間もつきあってくれた売店の女性たちに感謝して、観光客が買っていく小さな供花をひとつ買う。

しかし、花を供えたくなるような慰霊碑がない。ここはどうだ、つぎの県はどうだろうと巡っていくが、みな美しすぎる。とくに金属や石材を使った新しいものは、現代美術の水準を保っている。だが美術とは何だろう。美とは何だろう。いずれ名のある美術家の作品には違いないが……（この小さな供花は結局一日持って歩いて、最後は宿の浴室のバケツに納まった）。

昼過ぎて――「国立沖縄戦没者墓苑／昭和五十四年厚生省」という案内石碑に出会う。

広い敷地だ。納骨堂（？）に当たる建物は美しいが、ここにも買ってきた花を供える気になれない。広く美しい。国が建てたのは何と一九七九年だ。その間、国は何をしていたのか。その三十年も前から地元の人々は自力で集骨し、例えば魂魄《こんぱく》の塔、萬華之塔を建てた。生き残り兵や遺族が私費で何回も何十回も沖縄まで来て、大変な汗と労苦で遺骨を集め自力で慰霊祭をやってきたのだ（那覇市識名の戦没者中央納骨堂にあった遺骨がいっぱいになり、県の要請により国が建てたという事情はある）。

しかし考えてみると、真の慰霊は家族や友人や縁者が心こめて小さく行うのが本質かもしれぬ。国家目的と合致した慰霊（碑）は、諸外国での例でもそうだが、国権の発動としての戦争をむりやりに正当化し美化し、若者がまた命令で喜んで死ぬための「仕掛け」になりやすい。

三十年以上も民間と遺族に任せ放しにしておいた後、一等地に広大な国立墓苑を作った真意は見え見えではないか。基地に取られてただでさえ少ない公共用地を、直接沖縄の人々の生活に役立つものに使いたいという意見もあったろう。少なくとも、遺族の私としては全くありがたくもうれしくもない。また迷惑をかけてごめんなさい、という気持ちである。

ところで、この周辺にある各県出身者の慰霊碑のほとんどは、沖縄戦だけでなく〝南方諸地域〟戦没者をも対象としている。数は後者が圧倒的に多い。南方諸島で死んでいった多くの命と遺族のことも考えると、本土のわれわれがいかに沖縄の土と住民とに「お世話になっているか」がわかる。

「北海道の人のための北霊碑はここではなく、この先の米須にありますよ」と、売店の人が教えてくれたが、行ってみる気になれない。

北海道の人だけ、うちの兄貴だけ、という気持ちがうすれていた。

❇平和祈念資料館と住民虐殺

この日、摩文仁の県立平和祈念資料館で私は初めて「真栄平《まえひら》の虐殺」の存在を知った。マエヒラ。兄が戦死した場所とされている集落名だ。

大要は次の通りだ。

「六月二十日の深夜、一隊がガマを脱けだし真栄平部落に入る。住民がかくれている防空壕やガマを強奪すべく、二十一日未明虐殺が行われ、十数名の惨殺死体が残された」

真栄平の前田ハルさん（当時十九歳）の証言はあまりにも生々しい。

「日本の兵隊がきて、ここは何名いるかときいたが、お母さんがあんまり口をきけないものだから、フイフイと言ったんです。すぐ斬られて。（中略）弟をおんぶしている妹を刺して（中略）妹は三カ所刺されて腸があちらからもこちらからも出ていましたが（中略）弟のほうはうんと強く刺されて、長く切ってですね、これは腸がばらばらに出ておったんですが早く死にました」

輝一《こういち》兄の戦死公報では「六月二十日真栄平において戦死」ということになっている。しかし一九九三年当時、札幌在住の加藤義夫さんに聞いたところによれば、六月でなく五月二十日にだれかに「目撃されて」いる。一か月のずれはミスなのか。それとも六月二十日まで生きていたのか。兄がこのマエヒラの虐殺に加わっていない、という証拠はない。この日の前後は住民・日本軍・アメリカ軍が入り乱れ大混乱だったところで、何が何やら、誰が誰やらわからないというのが実態であり、そのわからなさが亡き父母にとっては救いになるのかもしれない。

こう書きつつ、また欲が出る。

もっと早期に戦死した兵隊も多かったのに、兄は終末ぎりぎりの六月二十日（?）にはまだ生き残っていた。二十一日以降もその可能性はある。

先にも書いたが、日本軍の牛島司令官はすでに六月十八日に終末を覚悟して中央に訣別《けつべつ》電報を発しているし、翌十九日には〈各部隊は最後まで敢闘せよ〉の最後の軍命令を出し、指揮を打ち切っている。投降も自決も許さずにおきながら司令官等は二十三日（二十二日説もあり）自殺。その前に参謀らを脱出させそのうちの八原《やはら》高級参謀は三日後に捕虜になり、生還している。せめて十九日の最後の命令のとき「十分に戦ったことは認めるから命を全うせよ」と命令していれば、兄たち日本兵と住民とアメリカ兵の命がどれほど救われたことか。

この点について、「平和祈念資料館ガイドブック」は明快に記している。

「戦死が全軍の四分の一ないし三分の一に達したら戦闘は断念し降伏する、というのが西欧諸国軍隊の常識です。（中略）降伏を禁じられた軍隊は日本だけで、日本兵のたどる道は死に絶えるまで戦うこと、つまり玉砕でした」

資料館の「証言の部屋」では、写真や証言の文字を読みながら、体がこわばる。当時の水筒にまだ水が残っている（密封されているので当時の水だという）。集団自殺の道具としてカマ・クワ・カミソリがある。

小学校一年生だという男の子が、両親の間に立ち証言の拡大文字を読んでいる。

戦争世代らしい三人に話しかけたら、男性が（名前は聞かなかったが、近くの東風平《こちんだ》の人で病気のため会話がつらそうなのに）、言いたくてたまらないふうだった。

「来る必要ないと思っていたが、内地から姉と弟が訪ねてきたのでいっしょに初めて来てみた。こういうのを教科書から隠すなんていうのは腹が立って――」

何回ものどをおさえながら苦しいのに話してくれる。私にだけ聞かせてくれる大切な証言だから、聞きのがしては申しわけない。一九三二年生まれの人が一番よく話してくれる。熱が入りすぎて、他の二人は少し困っている。

「与那城《よなぐすく》のあたり、死体ふみつけながら逃げた。ふみつけた人に、足つかまれて——」

「子どもに真実を教えないのは、とてもいけないことだよ。PKOでも何でも、大人になってから判断できるのだから、教えるべき」

「父親が兵隊に何でもやってしまった。ブタも馬も、黒砂糖も。ブタを銃殺して兵隊が食っているのに、自分たちが見ているのにたったのひときれもくれなかった。ここを陣地にするから出ていけといわれた」

お互い名乗らない同士で、ちっともかまわないと思った。もう生きているうちに会うことはない方々と、握手して別れた。

別れたあとに思い出したこと。真栄平のことをメェレイダと呼んでいた。それから遺族年金が高すぎると、話してくれた人の弟さんが言っていた。「子どもが五人死んで今親に年に二百万円入ってくる人がいる」と。少し悲しかった。私たち庶民の生活ではこういう部分的な反撥心は起るのも当然だが、子ども五人も殺されたのだ。いくら年金が多いとしても、失われたものはかえしてくれないではないか。

❇再訪、米屋隊跡

一九九三年三月三日。今日は、友人の友人A子さんが車で案内してくれる。彼女は高校教師だ。

宿に迎えにきてもらって出発。初対面だけれどいきなり本質の話ができる。

金城茂さんに連れて行ってもらった与那城の米屋《よねや》隊跡をもう一度と思ってさがすが、進入する道が違ったのか丘や樹の形を頼りにさがしても、なかなかたどりつけない。サトウキビ収穫中のわきを通って、改めて出直すと、与那城公民館に出た。聞いてもわからない。年とった人は見当たらない。

車を降りて歩きまわる。陽がさして暖かい。冬服なので汗が出る。

馬の水汲み跡がみつかった。登っていくと、乗馬のあぶみを拾ったあのガマに再会できた。ここで、この穴に「あぶみのガマ」と自分だけの名をつけると、A子さんが笑う。

A子さんは首都圏の出身で、同じ学校の教師である夫と結婚して初めて沖縄に住みはじめた。まだ沖縄はめずらしいし、夫が肉親と話しているときは、言葉がまったくわからないという。

六本くっついて板のようになっている沖縄式の線香に火をつけて、赤土に立て、手を合わせると、ほんのいっしゅん輝一兄の顔が浮かぶ。しかし、長くとどまっていない。

私が兄との交信に熱中できないせいだ。線香を立てる文化は他の文化と同様中国を経てこの島に入ってきたのだろうか。本土でも仏教の礼拝は宗派によって少しずつ違う。さっきの自分のやり方は、この地の生物体のすべての眼からみればこっけいだろうな。宗派の違いや宗教の違いそのものが、こっけいなのだから、アイヌの人々のカムイノミ(礼拝)なら、この沖縄の土や樹の霊も受け入れてくれるかもしれないな——こんなことを考えていた。

ウグイスが鳴いている。

そういえば、今日はひなの節句だ。一九四五年の三月三日、激戦一か月前に兄もウグイスを聞いただろうか。

✻知花昌一さんとチビチリガマ

午後、知花《ちばな》昌一《しょういち》さんのところへ連れていってもらう。A子さんが連絡してくれていた。

一九八八年ころ、札幌で知花さんの講演があったときにお会いしている。知花さんが経営しているスーパー店は思ったより大きかった。おだやかな笑顔の、青年のおもかげを残している知花さんと、しみじみと握手した。

三人で草の道を行くと、いきなり空が占領されている。「ゾウのおり」と呼ばれているアメリカ軍のレーダー通信施設。そばで見るといかにも高く広い。道から少しはずれるとそこはもう米軍基地用地だ。実際にこの土をふむとその事実がはっきりわかった。

知花昌一さんは、一九八七年海邦国体のとき読谷村のソフトボール会場の日の丸を引き下ろし焼き、村長から告発され、係争中の方だ。

その村長も形式上しかたなく告発したことで、「地元民も私も本心は日の丸を掲げたくなかった。それなら会場を他に移す、と圧力をかけられた」と法廷で証言している。

「ハブが出るよ」とおどろかされた草の道を降りていくと、そこがチビチリガマの入り口だった。チビは尻、チリは切れている意味だと教わる。川の尻切れだ。

ガマの入り口は大きい。そこへ川水も落ちこんでいく。生活用水になっているのか汚れていた。沖縄本島第二の大きさがあり、長さは二千五百メートルもあるという。

アメリカ軍が上陸してきた一九四五年四月一日、あっというまに敵が迫った。無血上陸だ。軍は「北部へ逃げろ」と言っておいて自分たちは南部へ移ってそこで戦った。

住人は大混乱になり、このチビチリガマにも百四十名が逃げこんだ。

「死を美化する文化はなかったのです」

知花さんに貴重なことを教わった。沖縄の王候の墓にはハニワがない。忠義のため死んだ主君のあとを追って自殺する殉死がない。

それなのに、住民は集団自殺（自決というと美名になる）させられた。老人・子ども・女性がほとんどだから、殺し合うのも大変だった。男が女を殺し力のある女や男が子どもを殺した。四月三日のことであった。

ガマに入った百四十名のうち、八十四名が死亡。うち二人は竹ヤリでアメリカ軍に向って行き撃たれた。

一九八三年に調査が入るまでは、村民はこの実態に触れたがらなかった。身内どうしで殺し合い、しかも生存者がいる土地では、闇のままにしておくしかなかったのかもしれない。絵本制作・ノンフィクション作家の下嶋哲朗氏の呼びかけで地元の比嘉平信氏と若手の知花昌一氏らが協力し、犠牲の詳細が初めて調査された。

下嶋哲朗氏著の『南風《パイヌカジ》の吹く日・沖縄読谷村集団自決』（童心社一九八四年）を読むと、その詳細および調査にかけた下嶋さんの心と力がわかる。自殺した人たちの生前を推測した肖像画が多くを伝えている。下嶋氏のこの著書は、調査を始める前、地元遺族の心を思うときの誠実なためらいやその後の地元の人の心の変化なども書きこんで説得力のある作品である。ここで私が書くのではなく、直接読んでもらうのが一番だ。

❇集団自殺はなぜ起きたのか

知花昌一さんは、シムクガマの話もしてくれた。集団自殺を「しなかった」ガマだ。

このガマには比嘉姓の平治・平三さんがいて、ハワイ帰りで、大きな家を貸せという軍隊のおどかしに最後まで抵抗した人。

この平治さんはガマの入り口でアメリカ兵と会話したが、他の人からはスパイだと思われていたから、みんな外へ出ようとしない。最後にはこんなところより外へ出て殺されることにしようと説得して外へ出て、助かった。

死ぬよりも生きるほうが勇気を必要としたことがわかった。さらに皇国教育そのものが悲劇の真犯人であることもはっきりした。

「〝ハックション〟を他府県の人に見せよ、とまで言ったのだからね」

戦後生まれなのに知花昌一さんはよく学習していて、教えてくれる。

本土と同じく天皇の忠実な臣下であることを証明するため、沖縄での皇民化教育・聖戦教育はひどかった。方言を使うものは罰せられ、学校では「方言札」を首にかけさせる。

先頭に立った沖縄教育会はクシャミひとつも本土なみにせよ、うまくできるようになったら本土人に見せよ、と追いたてたのだ。

宿の主人（前出）の金城茂さんからも方言札の体験を聞いた。首の方言札を外すためには、だれか犠牲者が必要だ。（このルールはさらに残忍だ）茂さんはうまかった。相手に沖縄方言を使わせるコツは、ヤマト言葉では表現できないことを言うようにしむける。

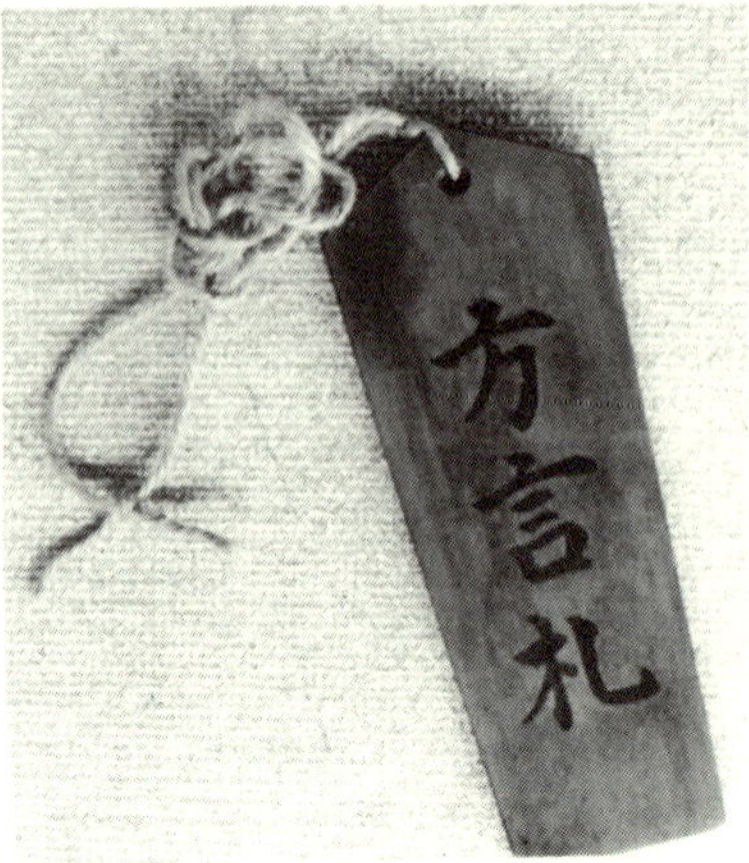

方言札

歩きながら、知花昌一さんの言葉をメモする。

「差別が集団自殺を生んだ。四十七人もいた子どもは自分では死ねない。大人が殺した」

本土から差別されたくない→りっぱな日本人にならなければ→自殺と進む。

「牛島とは違う」と知花さん。

牛島司令長官も自殺したが、チビチリガマでの女性・老人・子どもの集団自殺とは本当に根本から違うのだ。

知花昌一さんのことも話してもらった。

一九四八年生まれ。父母はこの地・ハンザ（読谷村波平《なみひら》）生まれ。父や父のきょうだいは死亡。父母はこのときここに住んでいないので死なずにすんだ。母の母は臨月でシムクガマに入って助かった。

捕虜収容所で生まれた伯父はいまもここに住んでいる。

三月二十三日に「日の丸」事件についての那覇地裁の判決がある予定のため、取材も多く知花さんは忙しかった。後日、その日の地元の新聞をA子さんから送ってもらった。本土とくに北海道では扱いが小さかったが、沖縄では逆。

判決は「法的根拠はないが、日の丸は国旗として定着している。懲役一年・執行猶予三年」政府寄りの判決そのもので知花さんは控訴を前提に検討するといっている。（裁判は八年かかり一九九五年に判決が確定し、知花さんは旗の代金三五〇〇円の器物損壊で有罪となった。）


チビチリガマに入っていく（現在は入ることはできない）。

入り口に作られた慰霊のための有名な彫刻〈世代を結ぶ平和の像〉が何ものかによって破壊されシートがかけられている。その事実をも人目にさらした方がいいのではないか、と知花昌一さんがいう。それもひとつの方法だが、暴力行為の成果と見なさない意思表示が前提だと私は思う。

このときそれを作った彫刻家金城実さんのことを聞いた。同じ読谷村に住んでいるというのでお会いしたかったが、時間がなかった（その願いは、二十二年後つまり二〇一五年に果たされた。ありがたかった）。

ガマの中に入っていくと少し広いところに出た。ここで、昌一さんはライトを消した。

真の闇だ。長くいるとどうかなりそうな恐怖がある。同行のA子さんは本当につらそうだった。恐ろしいのは、「集団自決」を善とする社会に現在もまた身をおいているせいだ、と思った。

知花さんにすすめられて、足元の土を手に握った。人間の油を吸った土の感触がいつまでもてのひらに残った。

読谷村の面積の四十七%がアメリカ軍に使われている。なお、日本にある米軍専用施設の約七十四%が沖縄に集中している。本土が沖縄におしつけている苦痛はこの数字で明らかだ。

帰路、米軍の嘉手納《かでな》基地をフェンスの外から見る。「安保の丘」と通称のある丘から見ても、戦闘用ヘリコプターの大きさがわかる。

V 戦後七十年、沖縄を思う

❇五度目の沖縄

二〇一五年一月十三日朝、今年は特に多い積雪を踏み分けて小樽の家を出る。会いに行く――こういう高揚した気持ちで、沖縄へ直行。

おもしろい韓国人家族と隣りの座席になった。向こうは日本語を話してくれるのに、当方が韓国語がわからなくて、ほんとうに申しわけないと思った。

植民地時代に日本人がやった残虐事件のことを現地で学ぶため、「郷土の歴史を掘る会」の一員として韓国に行ったことがある話、「従軍慰安婦」のこと、南北対立のその根本原因はかっての日本の侵略にあることなどを、日本語で話し合った。

千歳《ちとせ》空港から沖縄までは直行便で四時間。これに比べると韓国は近いと思う。対馬《つしま》からはもっと近い。

日本人のルーツはほとんど朝鮮半島から来ている。アジア人同士、賢く冷静につきあって行きましょうね、というお互いの気持ちの中で握手して別れた。

❇知花昌一・金城実のお二人

ホテルで待ち合わせて、友人・水野隆夫さんの運転するレンタカーに乗り込む。もう夕方だ。

あちこち連絡を取り、私の行動のスケジュールを決めてくれる。彼のつきあいのある人と私が会いたい人とは必ずしも重ならないが、もう老人だからと名刺も持たない私のために、私のプロフィールを書いたものをコピーして未知の人に配ってくれたり、ほんとうに助けられた。

真っ先に会いたいのは、一回目の学習の一九九三年にチビチリガマを案内してくれた知花昌一《ちばなしょういち》さん。それではと、同じ読谷村の彫刻家の金城実さんのアトリエでみんなで会いましょう、ということになった。

あの反戦平和の象徴のような彫刻家にも会える。願ってもないことだった。

酒（アワモリ）と豚の足の先（名前を思い出せない）などのごちそうを揃えていてくれた。窓の外に卵の黄身をうすくのばしたような色の夕空があった。十八時過ぎだから小樽ではもう真っ暗だ。日本は広いなあ。

二十二年ぶりに会う知花さんは、笑顔に余裕のある中年になっていた。「沖縄靖国裁判」を戦ってきた金城実さんとつねに離れない人が知花さん。どこかゆったりとしている。

「ぼくは、ね、坊さんになったんだよ」

驚いた。耳で聞いてもすぐ忘れる人なのでノートに書いてもらった。

真宗大谷派聞法道場・何我寺《ぬーがじ》・釋一昌

（知花昌一）

なるほど、なるほど。よく見ると陽焼けして健康な顔、白髪がひげにもある。

作務衣《さむえ》がとても似合うこの人は何歳なのだろう。私は話す相手が子どもでも老人でも年齢にこだわらない人間なのだけれど。

さすが坊さんだ。私の？　に気がついて教えてくれた。

「一九四八年生まれだよ。それで、京都で一年間勉強して、坊さんになれた」

ということは、国体のとき日の丸を引き降ろしてライターで火をつけ、日本中に国家と旗についての問いをつきつけたのは、三十八歳のときだったことになる。

その六年後に訪ねていった私に、チビチリガマの中まで案内してくれてくわしくその本質を教えてくれたことになる。

京都の東本願寺の一年間の修業はとても実り多いものだったという。同期生は十八歳から七〇歳まででいた。勤行も友情もすばらしかったと思われる。坊さんになったのは六十二歳。

「うまいぐあいに、お寺に入れたの」

ちょうど折よく、母親が伯父さんの遺産の土地と家を引き継いだ。そこが寺になった。

「ホテルなんかやめてお寺に泊まるといい。ただで泊めてやる」

そうだ。今度来たらぜひそうしよう。

知花さんはこの後に行くところがあるという。だから立ち話をしながら所せましと置かれている金城さんの彫刻を見つつ、金城さんがせっかく熱を入れて話してくれるのを片耳で聞きながら、知花さんと会話したことになる。

お二人に失礼だなと反省したが、これまで大きな実践を積み重ねてこられたこの二人が、私に語りたくて語りたくて――同時にしゃべる。それがうれしかった。

逃げ道をいつも考えるような生き方をやってきた私が今になって少し反省して、〈聞きたい・聞きたい〉の顔だったのだろう。

人命を軽視し、人と人とを争わせ、結局ヤスクニ思想で沖縄人をおさえつけようとする勢力、それへの怒りがこのときのお二人の体の中にすみついていることがわかった。

ふと気がつくと知花さんの姿はなく、たった一杯の泡盛で酔った私と、したたか飲んだあとの金城さんがいた。

結局男四人のうち、運転する水野さんと知花さんは飲めない。そうなると金城さんが一人で飲むしかなかったことになる。


酔っているけど真剣に金城さんが指をのばして説明してくれる。

とにかくアトリエには彫刻が満ちている。

若い僧のような男の全身像に吸いよせられた。体が細くてじいっと見つめてくる。どうしてなのか見られていることに私の体が喜んでいる。

「この眼は見る角度によって変わるんだ。近づきすぎても微妙に表情が変わる。こうして近づいてこう見ると――」

金城さんがやったように身をかがめて見ると、目の下に少し歪んだ目のようなものが現われた。眼が四個だ。古代人のような目の色のやさしさがある。

沖縄の、というより琉球の人々の長い歴史の中の悲しみや怒りが少し伝わってきた。四百年続いた

金城実作品「瀕死の子を抱く母の像」

琉球王朝、それ以前は北・中・南とそれぞれの城《ぐすく》があった（城址の美しい石垣が世界文化遺産になっている）。

一九六七年、南部の八重瀬《やえせ》町で旧石器時代の化石人骨・港川人《みなとがわじん》が発見された。また石垣市の海辺の遺跡から、日本最古の人間の骨が発見されている。

北海道にだって古代人がどこからかやってきて住んでいただろうけど、漂流してたどりついたとしてもなんといっても暖かい地方が定住しやすい。

遺伝子研究が飛躍的に進んだ現在では、地球上の現生人類はすべて二十万年前アフリカ南部に住んでいたひとりの女性のＤＮＡから始まっている、という。

金城実作品の若い僧のような形のふしぎな作品を見ていて、ふとこういう想念がまぎれこんだのだった。

食うこと。生殖すること、喜びのあまり走りまわることもあっただろうに、人間の原初を思わせるこの作品は、悲しみを身にまとっている。私にはそう見えた。

死んだ子を抱きしめて悲しみ狂う女性像もある。また、入り口近くに、おちついた表情だけど悲しみに耐えているような着衣の女性像がある。

「ほら、見てごらん。両腕が長すぎるだろ」

なるほど、芸術作品のデフォルメとはこういうものか、としみじみわかった。

人体の標準的な、あるべきバランスの長さを、見る人は求める。とくに素人の私はそうだったが、あるべきの「べき」とは何だろう、と考えさせられた。

国家と個人との関係において、「あるべき」が大きくなり強くなると、何かがこわれる。何かが窒息する。

❇黙っておれない人々

知花さんを一九八八年ころ北海道にお呼びしたグループがあり、そこで彼と知り合った。

そして二〇一五年、金城実さんとつながったのだった。

アトリエで見せてもらった琉球朝日放送、戦後六十五年特別番組「英霊か犬死か～沖縄から問う靖国裁判」。

これは米軍による実写映像、靖国神社の責任者の苦しい言い逃れの表情などだれも否定できない事実を基礎にしたすぐれたものだ。

この中で金城実さんはいう。

志願兵となりブーゲンビル島で戦死した父。その父を「犬死と言わなければ沖縄戦が見えてこないのだ」と。

母親は机を叩いて怒った。しかしやがて息子が原告になった「靖国裁判」の傍聴にくる。そして「実は間違っていないかもしれない」というようになった。

金城さんは私が放送のビデオをいま真剣に見ているというのに、画面でのセリフよりもっと激しいことを大声でしゃべる。児童文学や詩を書いていることが水野さんから伝わっているので〈あんたにはきちんとわかってほしいんだよ〉ということだろう。うれしかった。

声の大きさのせいか、二階から奥さんの初子さんが出てきてくれた。こういう賢い感じの人がついている。〈美形だねえ〉〈そうだろう〉男二人の無言の会話だ。

実さんが小学二年生のとき生まれた女の子をヨメにするくらいだから、実さんの人柄と実力はかなりのものだと思った。

実さんが自分で書いているものによると、りっぱな日本人に育ててくれという夫の言を実行した母の努力で、実さんは東京の大学を受けたが失敗。予備校二年、大学八年（大阪外国語大学）で英語の先生になるが、東京で見た彫刻の衝撃を受けて、彫刻、それも真実を追求する彫刻がライフワークになる。

❇古謝美佐子さん

芸術文化活動は政治と無関係のものだ、とうそぶく人が残念ながら多い。そういう人は金城実さんの作品を、直接あるいは写真でぜひ見てほしい。

「週刊金曜日」の二〇一五年一月九日号の表紙は、沖縄民謡歌手・古謝《こじゃ》美佐子さんの白く長い髪とゆったりとした笑顔の写真だ。

正直にいうと私はこの人のお名前を知らなかった。ただ、娘からもらった「ネーネーズ」のコーラスのテープが好きだった。その中の「真夜中のタクシー・ドライバー」を聞くと、涙が出た。沖縄から都会に出た庶民の苦難と愛と。

歌詞は〝タクシー・ドライバーに、オキナワ生まれかと聞いてほしい。その人は私の思いびと。夜の砂浜で愛しあった人〟

「週刊金曜日」のインタビュー記事を読んで思った。そうかこの人が「ネーネーズ」の初代リーダーだったのか。

「七人いる私の孫たちが成長していくことを考えると（中略）今は米軍基地の問題とか、すごいことになってるし、孫たちが沖縄で安心して暮らせるように、やっておかなくちゃいけないことがあるって考える。そういう歳になったわけ」

「基地のお金っていうのは、こっちに落ちているのよ。東京に」

――ミュージシャンがこうして政治や社会の問題について積極的に発言するということについては？

「沖縄でも、そういう発言を良く思わない雰囲気はある。でも、そんなこと考えてたら生きられないさ。私は、やるべきことやって死にたいと思うから」

――二〇一四年の県知事選の後に、政府は基地建設を粛々と進めていくといったことは？

「おーおー。腹立ったよ、とっても。何を言ってるかって。これだけ沖縄の人が反対してるのに、何なのって思う。バカにしてるのよ、沖縄の人を。

私の周りでも、そういう人がいっぱいいる。このままじゃ暴動が起きるんじゃないかと言う人もいるくらい」

「結局、戦争が終わって七十年経っても、沖縄は植民地になっているとしか思われない。沖縄は、アメリカと日本の二重の植民地なわけ」

❇日本国憲法九条

最初に訪れた二十二年前にも驚いたのだけれど、読谷村の旧役場の前には「日本国憲法第九条」の条文が巨大な看板になって建てられている。

「戦争放棄」のこの条文を自国の憲法にとり入れさせる運動を続けている人々は、アメリカのオーバービー博士など世界中に存在している。

ちなみに私が共同代表をつとめている「第九条の会・オーバー北海道」は、何度もオーバービーさんに講演してもらったことから、会の名称になっている。

全道をカバーしてというわけではなく、各地には長く反戦平和の意志を続けている会がたくさんある。

私たちの会の共同代表は広い北海道のあちこちに離れて住んでいるということもあり、札幌にある事務局のメンバーが日常の活動を作ってくれている。二〇一四年十一月には、事務局長の吉岡博子さんが、「第九条の会・沖縄うまんちゅの会」の源河《げんか》直子さんたちと交流し、辺野古の闘争に参加している。

❇再び萬華之塔

二十二年前に初めて行ったあの萬華之塔へ行ってみる。あのときは、先述のとおり金城茂さんが連れていってくれたのだった。

弔う気持ちもあったが、畑仕事その他に人骨が邪魔になってしょうがない。村の人々が集めて集めて納骨堂と萬華之塔を作ったのだった。

今回、源河さんがプレゼントしてくれた一九九八年沖縄県発行の『沖縄の慰霊塔・碑』の一四〇ページ（写真つき）では、こうなっている。

〈所在地・糸満《いとまん》市字真壁仲間原。建立年月日・昭和二六年八月。合祀数19207。設置管理者・真壁自治会〉

この塔、いくつかの特徴がある。

国・都道府県の建てたものでないこと。戦後六年目にいち早く建てられたこと。自治会が管理していること（旧真壁村は糸満市に合併）。骨の数が多いこと。

沖縄戦の末期に近い場所なので死者が多かった。

まきぞえになった住民、首里《しゅり》防衛戦で敗北してきた日本兵、数は少ないがアメリカ兵、それに忘れられがちだが朝鮮人軍夫の骨もあったろう。

私の次兄輝一《こういち》の骨もあるいはこの周辺にころがっていて、住民の方々の手で納骨堂に納められたかもしれない。

再度訪ねたことで、私は以下のことを考えた。そして提案する。
①遺骨・納骨堂・慰霊碑・墓などで、本土の人間が七十年たっても沖縄に迷惑をかけ続けている事実（最大最悪のものは米軍基地の問題だが）。
②原則は全く自由なのだが、個人の死生観・遺骨についての民族的な解釈・墓のあり方など、文化人類学的見地から諸説はあろうが、今後は考え直す。骨とは何かを根本から考え直す段階にきている。
③国は戦死させた後、その名前まで奪う。死者は祀られることの連続で、疲れ果てるよ。沖縄の戦死者の場合、家庭の拝所で祀られ、墓で祀られ、町村の慰霊塔で祀られ、平和の礎《いしじ》で祀られ、沖縄県護国神社で祀られ、ついには靖国神社へ。ラストの神社が一番疲れるよー、と死者は言っている。

ここで、全く私的なことだが、私の方法を書きます。

それは十年前に「遺言書」に書き、その後妻が先に病気で死を覚悟したときに確認し、妻の遺体について実行した私の方針――反対の人が大多数だ（私の兄・姉たちも）。

火葬にして骨壷に納めて三か月後、自宅原野にあるミズナラの木の下の土を掘って埋める。文字どおり土に還る。

建物を建てるのは許されないが、公有地の山は、集中しなければ埋めることを禁止する法律はない。葬儀は家族葬で、お別れ会はあってもいい。墓は不要。せまい日本では墓石公害になる。死者は生きている人間の中で生きるしかない。写真や手紙で十分である。八年前からアイヌ語を学び始めたことで、私のこの決意はいよいよ強くなった。長女夫婦は完全に了解している。

さて①について。各都道府県が建てたものには、A沖縄戦戦没者、B南方諸地域戦没者、Cその他地域戦没者が合祀されている。

・私の父の出身地、山形県のもの。A756　B25612　C14457　合計40834
　設置管理者　山形県
・母方の先祖の出身地、高知県のもの。A832　B17713　設置管理者　高知県遺族会
・北海道のもの。A10850　B30000　設置管理者　北海道連合遺族会

『沖縄の慰霊塔・碑』（総数はなんと三百三十個もある）の原文にある人数の表記の「柱」というのを、今私はカットして記述している。人間は柱ではないからだ。「柱」というのは靖国神社と日本各地にある護国神社の用語だ。

Bの南方諸地域というのも解せない。沖縄県が日本の南端にあるから、これ以南の戦没者も慰霊塔もここに建てるというのだろう。これでいいのか。沖縄県民の迷惑はどうするのか。

特別な事例は、香川県のものだ。

まず名称が讃岐《さぬき》の奉公塔、そして驚くのは、AとBのほかに「満州及び支那方面戦没者12656」

が合祀されていることだ。設置管理者は讃岐の奉公塔慰霊奉讃会。

これが、米軍と自衛隊の基地に取られ、平地の少ない沖縄にあっていいのだろうか。米軍基地のほかにさらに押しつけるというのか。

萬華之塔のそばには以前はなかったのに、個人の墓が三基ほど建っている。これでいいのだろうか。軍人の階級名と人名（戦死した個人には罪がないのでそのお名前は書かない）。

以前からあったのかどうか、独立重砲兵第百大隊の鎮魂碑もある。また七五ページでもふれた野砲兵四二連隊の刻名がある馬魂碑もある。野砲とは馬に曳《ひ》かせたもの。その戦死した馬に心を向ける生き残り兵の気持ちは理解できるが、「墓石公害」になりそうな状況をどうするか。ここまで沖縄県民と村の人に迷惑をかけていいのだろうか。

北海道から何度も沖縄にきて遺骨を集めるグループや個人がいる（私の知人も）。その行為には頭が下がるけれど、遺骨は持って帰り、慰霊碑は故郷に建てるべきではないだろうか。沖縄は、あの沖縄戦から七十年たった現在でも、アメリカ軍と日本政府に占領されている。（戦争は終っていない。だから毎日、夜中でも沖縄の人間は戦っているのです。）

❇再び南北之塔

ここは北海道に住む私にとって大切なところなので、二〇〇八年刊の沖縄県発行のものから、説明全文を記述する。

南北之塔

《所在地　糸満市真栄平。建立年月日　昭和二十八年十一月。合祀柱数六百柱。設置管理者　真栄平自治会。

昭和二十（一九四五）年六月十八日、戦死をとげた捜索二四連隊の将兵四百名と連隊と運命を共にした真栄平住民、連隊医務班看護婦並びに炊事班勤務の炊事婦、防衛隊員約二百名のみ霊を合祀してある。

この塔はもと、北海道のアイヌの酋長《しゅうちょう》弟《て》子《し》豊治《とよじ》が「キムンウタリ之塔」と記した墓標を建て霊を弔ったが、昭和四十一（一九六六）年に改装され南北之塔に改められた。》

ここにも、際立った特徴がある。

①酋長などという誤用があるが、アイヌ兵の存在が初めて明らかになっていること（軍隊内でのアイヌ差別があったことは容易に想像できる）。

②戦後八年と比較的早く建てられた。大きな納骨堂があり、その上に南北之塔という石柱がやや片寄った所に立っている。改装のときこうなったと思われる。
③日本軍将兵と並列して、住民、看護婦、炊事婦まで記述していることに心ゆさぶられる。こういうのは極めて稀《まれ》。国や県が建てると絶対こうならない。

南北之塔と大きな文字で刻まれた塔のことは、一九九三年の一回目の学習の記（七〇ページから）で書いた。

大事なことなので、弟子豊治さんの文を記す。

「わしは北海道弟子屈《てしかが》町のアイヌコタンで、大正十二（一九二三）年に生まれ、旭川・満州を経て沖縄へ行った。（中略）

わしのばあさんも入れ墨しておった。沖縄へ行ったときに、沖縄のばあさんがたみんなが手に入れ墨をしているんです。それで沖縄の人が他人でないような気がしておったのです。（中略）」

「真栄平は、もうどこを見ても、沖縄の人と兵隊の死骸が山のようになって（中略）ここは、わしが毎日水をもらいに通ったところです。四千五百体の遺骨がまだ壕の中にそのままで（中略）納骨堂作りたいといったら、真栄平の人たちもそういう考えでおったのだ、ということで」

「昭和四十一（一九六六）年に二度めに沖縄へいったとき、那覇で物産展をやって、沖縄の人と話をして、沖縄の人が納骨堂、わしが『南北之塔』ということで作ったんです。その塔の右がわにアイヌ語で『キムンウタリ』と刻みました。わしら山部隊だったものですからアイヌ語で『山』のこと『キムン』というのです。『ウタリ』はじぶんらの「同族」という意味です」

（聞き書き＝山田貞夫氏『続・語りつぐ戦争体験2』草土文化より）

一九九三年にはこの塔は地面に近いところにあった。私が手でさわることができた。今回来てみると、大きなコンクリート造りの「納骨堂」の上にある。塔の碑文を読んで確かめたくて登ろうとしたがとても無理。二メートル以上離れて下から見るので、「キムンウタリ」の文字とその下の人名六名のうち、読めたのはわずか。北原ナツコと山中という姓だけは読める。ラストのが「弟子」という姓だけは読めた。ここに来て、資金も出した六人だ、と私は思った。

本土の政府によって圧迫されてきたこの地に立つと、アイヌ民族の「創氏改名」と朝鮮民族の「創氏改名」のことも考える。

土地も食糧（鮭を取る権利）も奪った上に名前さえ奪ったのだ。和人の役人によってひとつのコタンの住民を全く同じ姓にした事例がある。

弟子さんの姓は「テシ」（アイヌ語で魚を取るヤナの意）からつけられたのか。「天塩川」のテシ、「弟子屈」のテシも、アイヌ語由来だ。

日本では二〇〇七年の「先住民族の権利に関する国連宣言」以来、しぶしぶ「文化に限って」アイヌ民族の復権が認められつつある。しかし私の考えでは、話は「先住権」という概念まで行かなければ、結局現状容認にとどまるのではないか。

ここで、日本列島の先住民同士である「アイヌ」と「琉球」との関係についての「私見」を書きたい。DNA研究の飛躍的発展によって、この両者には共通の特徴がかなり多い――と私は「直観」している。私のアイヌの知人の顔が、琉球の特に先島《さきしま》の方で不意に現れた経験もある。

細長い日本列島に住んでいた縄文人（北海道には、アイヌの先祖と思われる続縄文文化人のほかに、別にサハリンを経て大陸から入ってきたオホーツク人の集団があった）が、高い文化を持つ朝鮮半島経由の弥生人によって、北と南に分断された。それゆえ、北と南の先住民のDNAを残している人々が互いに似ているケースが現出する（のではなかろうか）。

多数派の和人の兵隊がいるのに、少数派の弟子豊治さんが真栄平集落の金城ナヘさん姉弟と親しくなれたのは偶然とは思えない。

この南北之塔は、こういう〝深い物語〟を内蔵している。

さて、私が今回違和感を持ったのは、前回のときにはなかったはずの、個人の墓や部隊名の入った追悼碑がかなりの数この場所に建っていることだ。

自治会が責任をもっている場所というのはプラスの面のほうが多いと思うが、建立の申し込みがあった場合、その趣旨からして断わりにくいマイナス面もあるのだろう。

弟子さんは、宮古や八重山《やえやま》で戦死したアイヌ青年も含めて碑を建てたかった。北海道の当時のウタリ協会はその人数を四二名だといっていたという。

しかし、と私は考えた。当時も今もアイヌであることをかくさなければ生きていけない人がいた。実態はもっと多かったはずだ。

当時は「アイヌとの交流があって建てた」という表示があったというが、今はもうなかった。地元でも古い人と新しい人との見解の違いがあることは想像できる。

このあと真栄平ストアをやっている金城ナヘさんのところへ行った。彼女は戦争中弟子さんと顔なじみだった。

司令部に運ぶ水をあげていた、という。親が水源を持っていた。ナヘさんの弟の仲吉喜行さんも弟子さんの顔なじみ。だから、弟子さんが北海道から会いに来たのだろう。なお現在のここの区長は、戦後生まれのナヘさんの弟さんだという。

ナヘさんは私と同じくらいの年齢だろうか。北海道から来た私のために何でも話してくれた。この塔を建てた弟子豊治さんが亡くなり、兄の行動について書いた妹の弟子シギさんも亡くなったらしい。私はシギさんの書いた本を以前に読んでいる。

この日は私の体調がよかったせいか、遺族が建てたであろう個人の墓を心静かに眺めた。沖縄の土と人々に迷惑をかけている面があるという認識に変わりはないが……。

遺族の心も考えて墓の文字を記す気になった。戦死された方の無念さを思いつつ、お名前を記す。

その墓。陸軍軍曹佐々木正寿・昭和二十年六月二十日戦死／兵長柳田浩美・六月十七日戦死／兵長遠藤孫太郎・六月二十日戦死。

ナヘさんはお店なので私は品物を買った。板状の黒糖四個。ピーナツを黒糖で固めたもの一個。おみやげにもなると思って大きめのディパックに入れたが、滞在中これが重かった。観光に来たのではないから重くてもいいのだ。沖縄の現在の状況はもっと重いのだぞ、とやせて体力のない自分を励ました。

ピーナツの方は、今帰仁村《なきじん》で一泊二千円の宿に泊まった夜などに食べた。百八十グラムも入っていて、二百七十円。製造元は沖縄県伊江村《いえ》。本土のメーカーでないのが心の救いだ。貴重な動植物が多く美しい沖縄から軍事基地がなくなって、サトウキビ農業やピーナツ糖の製造や観光が盛んになればどんなにいいだろう。そのためには、基地反対闘争が必要だ。

帰りがけにナヘさんの菜園を眺めた。

キャベツ（ほとんど収穫済み）、トーキビは二センチほどに伸びている。インゲン豆、菜の花など。雪と寒さ真っ盛りの一月の北海道から来てみると、季節の落差がおもしろい。

こんなに変化に富み美しい日本列島だ。アメリカの世界戦略に利用されてたまるか。

同様に、細長い地震大国（温泉大国）に、原発を五十四基も作っていた。すべて廃炉しかない。

❇北霊碑にはなじめない

亡き兄も祀られている（そういう仕掛けになっている）北霊碑を見に行く（糸満市米須）。

二十二年前にも来ているのだが、今回はどうにも印象がよくない。デザインが押しつけがましいの

北霊碑

は、二度も改修したせいか。

これも、沖縄県発行の資料で見よう。

北霊碑（北海道）

所在地　糸満市米須、建立年月日　昭和二十九年四月（昭和四十七年改修、平成八年改修）、敷地面積六百四十平方メートル、合祀数４０８５０（沖縄戦戦没者１０８５０、南方諸地域戦没者３００００）、設置管理者　北海道連合遺族会。

なにしろ、沖縄戦で戦死した兵のなんと六分の一が北海道人（偶然か差別か）、そのせいか戦後早めに建てられている（県外出身日本兵六万五千九百八人、うち北海道出身者一万八百五十人）。

斜めにおかれた巨大な黒御影石の上に北海道地図。その斜面に無理して置いたような台座。その上に北霊碑と刻んだ球状の白い石が三個重ねられている。

復帰後競うように建てられた各県の慰霊塔。そこに見られるのは「慰霊よりも顕彰」だが、戦後いちはやく建てられたこの北霊碑にはその傾向が少ない。

それでもなじめないのは、大改修を二度行った結果だと思われる。

一九七二年改修については、北海道連合遺族会北海道護国神社宮司の文があり、その中に「諸般に亘り献身的な奉仕援助を戴いた沖縄遺族連合会会長金城和信翁以下の御恩徳」と記されている。

一九九六年の大改修についても、北海道連合遺族会会長・堂垣内尚弘氏の文がある。

「北海道の特色を生かし、南方における慰霊施設として、尊崇でき、平和の尊さを永く後世に伝え得ることを祈念し、道ならびに道内全市町村のご支援を受け、総工費四千万円をもって――」

いわゆる北方領土のうちクナシリ・エトロフの大きな島が目立つ。しかしこの二島は、一九五一年の「対日講和条約」「日米安保条約」のとき、アメリカの圧力があったとはいえ、はっきりと主張しなかったものだ。返還は大賛成だが――。

敷地は三角地で他県のと比べて狭い。死者を何度でも祀る（ラストは靖国神社）ことには納得できない私だからどうでもいいようなものだが、同行の水野さんも「これはよくない」とつぶやいた（彼は名古屋出身だが、函館にある北海道大学水産学部出身、妻の備子さんは函館出身。私同様、北海道とつくものには一定の親和力を持っている）。

これとどのように関連するのか、四角の石柱が単独で建てられており「元北海道知事堂垣内尚弘」の文字。この方は、どの時点で関わりを持ったのだろう。「元」なのに、どうして建っているのか。

どこが良くないかと問われれば、デザインに統一性がない。何かと何かを後でくっつけた感じだ。北海道の地図が巨大すぎる。

しかし、〈また死んでください〉とでもいうような靖国神社イデオロギーが直接出ていないことにほっとした。記念するための施設にすぎないと考えることにしよう。

横の方に遺族らしい人が詠んだ短歌を彫ったものがある。

「わが立てる臥牛の山は低くして　南海は見えず吾子はかへらず」
「この果てに君ある如く思はれて　春の渚にしばしたたずむ」

この短歌には最愛の人を失ったぎりぎりの悲しみがない。変体仮名を今ふうに私が書き改めたのだが、そういう教養と形式を使うお力はあるが、戦争への怒りがない。その代わりに国策に従順にしたがったという心の落着きが美しい。あきらめの心境がみごと——とでも設置の責任者が考えたのだろう。

いやいや「戦争責任者をわれは許さじ」というような原作をむりやり書き直させたのかもしれない。そうだとすればかわいそうなので、作者名は書かないことにした。

❇佐喜眞美術館

上陸のときはわざと抵抗しなかった米軍を、嘉数《かかず》高台公園展望台あたりで待ちかまえていた日本軍。

最初の大規模な戦闘が行われて双方の死者が多かった。住民の死者もまた――。

階段があると登りたくなる。疲れているのにとうとう最高のところに立つことができた。

ここから米海兵隊普天間飛行場が展望できるが、先のほうはかすむくらい広い。南北を貫く国道五八号と国道三三〇号の間。

やや手前のほうに、オスプレイが二十機以上見える。不気味だ。

高台から降りてきたあたりのローソンの店。その駐車場のあたりに立っているとき、オスプレイが一機頭のすぐ上（という感じ）で飛んでいった。音はこれほどひどいものかと知った。

この近くにあるはずの佐喜眞《さきま》美術館に行く道が、どうしても見つからない。

時間も遅いし今日はあきらめようと考えて車を回したとき、道路向いに大きな構えの亀甲墓《かめこうばか》が見えた（これが佐喜眞家の二百七十年前から伝わる墓だと判ったのは、翌日）。

時間を少しさかのぼっての、エピソードがひとつ。

南北之塔の場所に行く道がわからなくて、何度もうろうろした。有名なものでないから案内板もない。

とうとう畑のそばで話をしている二人の姿を見つけて、男の老人にたずねた。

「むこうの森のかげの方だ」

明快だけど、どこの森なのか、木立は見えるが森は見えない。

するともうひとり女性の老人がしゃべり始めた。二人で話し合っている。その会話が全くみごとに理解できない。教え方がいい悪いというのか、あそこへ行きたい人が今日はずい分来るね、という話なのか。わからん。

方言というもの、土地と人間の文化の違いというものに敬意を感じた。わかったふりしてお礼をいって車にもどった。

この日の夕方十八時過ぎに、ホテルでＮＨＫ沖縄のニュースを見た。戦後七十年の特集だ。復帰前のころの当時の佐藤首相が演説している。「オキナワの安全保障の重要性のこと」「アメリカ側の強い要求で中身を変更してこうなった」得意そうな演説。例の「核抜き本土並み」というウソが問題になる前の表情だ。この調子で「ノーベル賞平和賞」を得たのだな。ウラで大金をアメリカに出すことをかくしておいて、それを暴露した新聞記者を国家秘密を盗んだ、と告訴し有罪にした、それ以前の映像だ。これを戦後七十年ということで放送したＮＨＫ沖縄の決断と勇気に感動した。政府べったりの感じのＮＨＫ東京では、絶対にできない企画だ。これだけでも沖縄に来た意味があった。

以前から願っていた美術館にようやく入ることができた。

前日道に迷ってかえってよかった。この日は朝一番だから他に客もなく、館長・佐喜眞道夫さんからたっぷり話を聞くことができた。

前日に見かけた亀甲墓がある。この前方の道でうろうろしていたわけだ。

リーフレットを見ると、米軍基地との関係がよくわかる。

美術館用地は広大な基地用地にクサビを打ちこんだような形で（長方形の自分の土地を奪い返したような形で）食いこんでいる。

❇沖縄戦の図

この美術館はケーテ・コルヴィッツ、ジョルジュ・ルオー、草間彌生（ちょうど展示されていた）、照屋勇賢《ゆうけん》などの作品を収蔵しているが、なんといっても一九八四年から常設展示している「沖縄戦の図」（丸木位里《いり》・丸木俊《とし》）が有名だ。

まっすぐ進む。壁一面だから壁画そのものだ。タテ四メートル、ヨコ八メートル半。

いたるところ無数の死者。死に方もそれぞれ違うように描き分けられている。嘆きも怒りもあきらめもそれぞれ違う別々の人間が、画の前に立つ人に〝事実〟をつきつけてくる。

すでに老齢だった二人の画家は死体の山を風景としてとらえるのでなく、一人ひとりの死につきあって共に怒っているのだ――と私は感じとった。

「合作なんだけれども……」

私が胸の中で話そうとしたことを、館長の佐喜眞道夫さんがひきとってくれた。

「位里さんは基本は墨で描くから、このあたり。よく見ればわかります」

なにしろこの沖縄に来て描いたのだから、迫力がすごい。死者たちが「描いてほしい」と背後から近づいて来たかもしれぬ。突然の火焰《かえん》放射器で画家の背中も熱かったかもしれぬ。そういう身体性をもった写実力のすさまじさ、火の赤色、水の青色は俊さんが色絵具をのせたのだろう。

館長さんが「チビチリガマ」の絵の前で説明してくれる。私なりに知ってはいたが、館長さんの今回の説明ほど力のこもったものはなかった(「自決」させられた人々はほとんど墨一色で描かれている。竹ヤリで戦おうとする男の姿もある)。

館長さんの説明の大意。

「出て行ったら殺されるからと、あらかじめ日本軍から持たされていた手投げ弾その他の方法で、八四人が『自決』しました」

私は考えた。もしあの残酷な〝戦陣訓〟がなかったら、この結果にならなかったはずだ。捕虜になる前に死ね、と住民にまでおしつけた罪は重い。

一方、同じようなガマ(石灰岩などによってできた自然の壕)でも、シムクガマのほうでは、たくさんの住民が助かった。

戦前ハワイで移民として働いた経験を持つ比嘉平三さんと平治さんは、捕虜になったらアメリカ兵に殺されるという、日本軍の宣伝とおどかしを信用できなかったに違いない。

「デテコイ、デテコイ」というアメリカ兵を信用して、「出て行こう」と二人は呼びかけたが、他の人は反対。ここでみんなで死のうという。

そこで二人の男はいった。

「わかった。どうせ死ぬのなら、いっぺん太陽の光を見てから死ぬことにしよう」

それで、ぞろぞろと外へ出ていった。真暗なガマから出ると、太陽は目がつぶれるほどまぶしかったろう。

そして千人ほどの住民がたすかった。

私は、俊さんが生まれ育った北海道の寺でお二人の絵に出会ったことを館長さんに話した。俊さんは、北海道雨竜郡秩父別《ちっぷべつ》町の善性寺の娘として生まれ、長じて上京し美術の高等教育を受けた。現在は俊さんの甥に当たる人の夫妻が、寺とその中の美術館を守っておられる。

空知《そらち》地方の長沼町に十年間住んでいたころ、私は三度ほど寺の美術館を見学した。住宅棟の二階にある美術館は、俊さんのデッサンも人物画もあるが、夫の位里さんのびょうぶ画と書の力強さにひきつけられたことを思い出す。

善性寺を訪れた二回目のとき、私はたまたまわが家に泊まっていたノーマ・フィールドさんを、私の妻といっしょにお連れした。

ノーマの母方の祖母は小樽生まれ。夫と息子と娘と四人で小樽に遊びにきて、ふと小樽市文学館に入って小林多喜二の展示を見た。

そのときから「源氏物語」の研究によりアメリカで博士号をとり、シカゴ大学教授であったノーマは、「小林多喜二研究者」になった感があった。岩波新書『小林多喜二・21世紀にどう読むか』など。

ノーマは名著『天皇の逝く国で』を英語で書いた。その日本版（一九九四年初刷、みすず書房刊）のあとがきは日本語で書いた。

日本語も英語も話せるノーマは十八歳で渡米した。アメリカの軍人だった父とは離別していた。日本とアメリカ、戦争。アメリカ人と日本人と。こういうことに深く考察を加えている方だから、私はいきなり、あの原爆の図の丸木俊の生家に連れていったのだった。

そのことをこの日、佐喜眞館長さんにお話した。

というのは、私自身悩みをかかえていたからだ。国と個人、政府と国民一人ひとりは別なものだとわかっていながら、現在のアメリカ政府・日本政府は大きな間違いをしていると考えつつ、反対行動にまっすぐにつき進み効果をあげることができないでいる。八十一歳という年齢に逃げている。

館長さんは私と友人を屋上に案内してくれた。すぐ目の前が普天間《ふてんま》飛行場だ。

階段のような箱のような建物を登ると壁に小さな穴があいている。六月二十三日。慰霊の日にはその穴から落日の光が真直ぐに差しこんでくる工夫だった。

美術館の迫力は、沖縄戦の被害を証言し告発する人々の表情を写真にして、「沖縄戦の図」の反対側の壁に展示する工夫にも現われている。

修学旅行の中・高生が毎年四~五万人も来るという。その人たちは、どれひとつとして同じ表情のない告発証言の一人ひとりと対話することになる。私が数えたところによると、七十八人の顔だった。その表情の迫力。

次の世代に伝えるということを、いつも佐喜眞さんは考えている。

その意味でうれしかったのは、息子さんの佐喜眞淳さんに会って話ができたことだ。

だれも紹介してくれないけど、長い髪を後ろに結んだ背の高い青年に、ずうずうしく声をかけた。

みんなと同じ髪型にはしない若者。いいなあ。

❇美術館が〝内蔵〟する物語

ここで美術館とは何だろう、と考える。

それは、土地・建物・設備・美術品などの物体からなりたっている。モノに過ぎない。

これらはそれぞれ来歴やエピソードを持っている。美術作品はすべてストーリーを持っている。

しかし、佐喜眞美術館ほどの深い「物語」を内蔵しているのは少ない。

以下、佐喜眞道夫著『アートで平和をつくる・佐喜眞美術館の軌跡』(岩波ブックレット)に沿って記していく。

道夫さんは、一九四六年熊本県竜野村で出生。父母は沖縄県出身。父は軍医として中国戦線で五年間の後、熊本の部隊に転属。

家族は敗戦の前年に沖縄から熊本に疎開。

道夫さんの旧姓は花崎。次男なので父母の結婚のときの約束に従って、佐喜眞家の後継ぎとなる。

一九五四年、アメリカ軍政下にあった沖縄に家族全員で帰り、沖縄戦の悲惨と現状を初めて知る。

二浪して入った仏教系の立正大学で、マルクス主義と学生運動と沖縄差別とに出合う。

大学では東洋史を学んだので沖縄で教員になるつもりだったが、教育現場の現状に希望が持てない。

だから、鍼灸《しんきゅう》の学校で資格をとって開業した。ハリ・キュウというのがおもしろい。

二十二歳で佐喜眞家を継いだ。軍用地にとられている土地も継いだ。復帰で土地代が六倍になった。

カネは心を鈍らせ沖縄人を分断する戦略だと考えていたから、土地使用料には手をつけずにがんばった（祖母と実父と両方から仕送りを受けていた、と正直に書いている）。

銀行口座の数字を見たとき、これは危ないぞと思った。それで、その金で美術品のコレクションを始めた。

沖縄戦の図に取り組んでいる丸木位里さん、俊さんの講演を聞きに行った。俊さんが言った。

「朝、目をさますと目ヤニがべっとり。このままでは絵が描けなくなるでしょう」

ふつうはそれで終わりなのだが、道夫さんは違った。鍼灸でなおしてしまった。

対症療法の西洋医学と違って、東洋医学は心と体の根本をなおす。画家のお二人は長寿だった。丸木位里（一九〇一―一九九五年）、丸木俊（一九一二―二〇〇〇年）。

道夫さんが初めて沖縄戦の図を見たのは一九八四年。衝撃は大きかった。お二人は話したり書いたりしている。

「本土の人は戦争は空襲だと思っている。地上戦は体験していない。だから沖縄の人に教えてもらって、沖縄戦を描いておく必要がある」

お二人は三年かけて百六十冊の本を読んだ。沖縄本島と離島で生き残った人の話を聞いて回った。

沖縄戦の図は一九八三～八七年制作の全十四部からなる連作。

基地にとられた先祖伝来の土地から先端の一千八百一平方メートル（五百四十一坪）を取り戻す話は、スリルに富んでいる。土地返還をのらりくらりで邪魔したのは沖縄防衛施設局。米国海兵隊の不動産管理事務所長はあっさり返還を認めた。

一九九四年十一月二十三日、美術館開館。開館式での九十三歳の位里さん、八十二歳の俊さんの写真がブックレットにある。この美術館の設計者・真喜志好一《まきしよしかず》さんも。

❇百メートルの彫刻群の列

この日の夜は少し遠いが今帰仁村《なきじん》まで車を走らせ、水野宅に泊めてもらうことになっている。しかしその前に、読谷村《よみたんそん》の金城さんのアトリエに寄り、戸外にある一大彫刻群（長さ百メートルあるという）を見学しなければならぬ。

東京新聞二〇一四年八月十七日付のインタビュー記事「あの人に迫る」が彫刻家・金城実の存在に、しっかり「迫っている」

記者・大原育子さんの言い方が鋭い。

「〝大〟を生かすために犠牲を強いられる〝小〟それが〝今も昔も〟沖縄群像ではないか。この人が彫り続けているのはそんな沖縄の痛苦や慟哭《どうこく》だ」

住居とアトリエの空地に、彫刻群が列をなして続いている。だんだん増えて列の長さはもう百メートルを超えているらしい。

沖縄の歴史と現実が象徴的に物語ふうに表現されている。沖縄戦のことは象徴化をあえて避け、銃をかまえて進む二人のアメリカ兵のその表情。そして本物のブルドーザーが少し錆びて参加している。苦しむ人間、嘆く人間の像は歴史であり現実であり……。

どんどん続いていく彫刻を見て行くと、新聞のインタビューの金城さんの言葉が聞こえてくるよう

屋外に並ぶ金城実作品群

だ。

「自分の弱さは、自分の弱さでもって向き合って、自分をたたかなきゃいけないと思っています。そうしないから、権力がのさばってくるんです」

「沖縄の問題の弱さは、沖縄にあるんです。沖縄の人はすぐに〝ヤマトンチュウ（本土の人）に差別されている〟と言いますね。確かにそうかもしれない。そうだと思います。でも、だから何なんだって思う。

沖縄に誇りはないのかって言いたい。被害者意識の上に、それでも誇りを発見できなければ、ただの泣き言なんです。

沖縄の弱さを沖縄自身でたたいて、奮い立たなかったら、外圧に耐えられない。その結果、何から侵されるのかって、それは権力です」

私が心配したのは、ここにある作品が風雨

にさらされてこわれていくのではないか、ということ。
とくに大事な作品は日除けテントの下におくとか、建物を考えたほうがいいのではなかろうか。別な考えもあるだろう。アイヌの木彫り作家・砂沢ビッキの札幌芸術の森野外美術館の作品（エゾマツの樹）のように「風雪で崩れていくプロセスも芸術なのだ」（ビッキの発言）
金城実さんにも、保存についての悩みはあるのかもしれないが、この時は通院で留守だった。だから一方的にじっくり鑑賞できた、ともいえる。

❇彫刻家・金城実の仕事

金城実の作品と人に学んだことは先述（九八ページから）したが、ここでは作品の写真、そして鋭く重いエッセイ『神々の笑い・肝苦《ちむぐ》りさや—沖縄《うちなあ》』（一九八六年径書房）について書きたい。
このときの著者紹介はこうなっている。《一九三九年沖縄県浜比嘉島に生まれる。高校夜間部講師のかたわら彫刻制作に従事。七〇年後半より「戦争と人間」などの作品を持参して二年余にわたる反戦反核の全国キャラバンを実行。現在大阪市住吉区在住。》
実はこの本は、初めてアトリエに訪ねた夜、寄贈をうけたもので、その見開きのページに、私の顔の粗描と言葉「われ思うゆえにわれ何者かね」があり。突然やってきた私と同時に、あの酒宴の最中の自分を問いつめる心が見える。
金城実アトリエにて——その横に五人の名を書いてくれた。知花昌一。金城実。水野隆夫。加藤多一。金城初子。

その文章の部分――ゴザの街にはアメリカ人たちがあふれ、キャバレー、パウンショップ（質屋）がたち並び（中略）夜の歓楽街には、白人街、黒人街、東南アジア系兵士の街、さらに地元沖縄人が行く吉原といった具合に区分されている。（中略）

この一画に、アメリカ兵のハーニーをつとめる女たちが住んでいる。（中略）

ハーニースミ子には、すでに二人のベトナム戦兵士との別れがあった。出港の合図が鳴ると、海に飛び込んで脱走しようとする兵士もいた。

黒人の特徴を持つ小学二年生のタロウが学校でもからかわれている。夕食だよ、と呼びにきたのは、タロウの母の現在の愛人の白人兵だった――こういうことも金城実は書く。闘牛見物のアメリカ兵が、あばれ牛の角に刺されるシーンも書く。

＊今帰仁村

今夜は、沖縄に永住を決めた水野さんの家族に久しぶりに会える。ドライブは快調。

今帰仁といえば、作家目取眞俊《めどるましゅん》の生まれたところだ。

沖縄本島の北部（山原《やんばる》）へ向かうとき、東（太平洋）も西（東シナ海）も海岸線の眺望が美しい。青い海のむこうに白く波立っているのはサンゴ礁の天然防波堤。ほんとうに、基地さえなければ桃源郷なのに……。

水野さんの家族は、私の亡き妻と親しかった奥さんの備子《ともこ》さん。同居の長男とその妻。四人のうち決まった仕事がないのは隆夫さんだけだ。その分、環境保護と反基地行動ができている。

備子さんは共に稚内《わっかない》在住のころの亡き妻との思い出を語ってくれて、私の心が湿気をおびて喜んだ。母親たちで反核平和のキルトを作って展示会をした話。稚内市の乳児（女児）股関節エックス線検査をやめさせた話。隣り町の幌延《ほろのべ》町で進んでいる「核廃棄物地下地層処理」の実験所の話（なんだ、日本列島は北から南まで、基地と核物質に包囲されているではないか）。

❇〝新基地建設〟反対の現場

一月十七日、沖縄でも寒い日だ。

いよいよ辺野古《へのこ》と米軍基地の現場へ行く。

前回は海上で作業を始めた当局への抗議で、辺野古の浜のテント周辺での行動であったが、今日は米軍基地（キャンプ・シュワブ）の前面道路での行動だ。

行ってみて初めてわかったこと――辺野古の海岸と基地の正門は近い。ほとんど隣接といってよい。もうひとつは、本土の人間は首相官邸から近い（距離も心理も）せいか、美しい大浦《おおうら》湾を埋立てて作る大基地を、普天間基地からの「移設」ととらえている。

埋立てによる被害を先に考えているせいか、弾薬庫や大駐機場や兵舎や宿舎などを含む大基地を新設することを知っていたのに、私も普天間周辺の住民が楽になるので「移設」の二文字が頭の中にあった。

ところがどうだ。この日、目立った旗の列には「新基地反対」の文字ばかりだ。

本土のメディアは政府のいう通りの報道が多い。埋立て地にV字型の大滑走路をつくることが中心であり、沖縄のメディアが報じているような「巨大な新基地ができる」という切迫感がない。

反対行動の本部の方へ向かって車を進めると、ストップがかかった。「もう駐車スペースがないので車をここらにおいて、バスに乗り換えてください」というのだ。

私たちは半分だけいうとおりにした。車道でも歩道でもない変型路側帯に、何とか駐車スペースを見つけたのだ。

そこはちょうど、基地の端っこを示す高いフェンスの角のあたり。その金網のそばで防寒用に着替えをし、途中で買ってきた弁当も持った。バスに乗らず歩いて会場に行こう。

ところが私は急におしっこがしたくなった。さあ、どうする。いったん本部まで歩いていって、そこで「トイレ行き用の車」に乗せてもらうか。

登山や川釣りのときの体験が私によみがえった。道路からは見えない下の方へ降りて行き、米軍基地の金網にホースを向けた。アメリカよ、思い知れ（都会では決してマネしないでください。他愛のない腹いせです。それにしても、人々の半数以上をしめる女性たちに同情した）。

基地入り口側の県道の路側帯に、本部のテントがいくつかある。

車道の向こう側は、スピーチの場所のようになっている。

この日の進行役は、山城博治《やましろひろじ》さん（沖縄平和運動センター議長）だった。ユーモア感覚があり、絶妙な進行だ。

そこで情報交換や反対を訴える人が、次々とスピーチをしていく。聞く人は車道をはさんだ路側帯にいる。

そのうち私の名が紹介され、何かスピーチせよといわれた。こういうのは不得意。それゆえ文字での表現を選んだ人間なのに、困った。

でも、マイクの前に立った。北海道から来たこと。戦いの中で友だちがふえることなんかを話した。声は通らないし、つまらないスピーチであったが、同行の水野さんたちはユニークだといってくれた。

何十分間かおきに、ワゴン車がやってくる。トイレに行きたい人をのせるためだ。次々と乗る人。元気になって帰ってくる人。

山口千春さんという人が紹介された。この闘争のために必要なものを、次から次とカンパして買ってくれている人だ。例のトイレ行きのためのクルマも、辺野古の海で活躍している手こぎのカヌーも買ってくれた。

「きっと千葉県の財閥の娘さんだろうと思いますが、本当にありがたい人」

こう紹介されたとき彼女は皮肉っぽく笑った。これはおもしろい、と私は行動開始。

こちらもインタビューすることにした。

思ったとおり、お金持ちではなかった。インターネットで広く呼びかけて募金を集めたのだという。五か月で二百八十万円集まった。

千葉県からしょっちゅう来ているから、必要なものはわかる。最初、「何が急ぎますか」と現地に聞いたとき、カヌーがよれよれになっていると聞いた（当局はカヌーでの反対行動をおさえこむために、卑劣な方法を実行している）。

若い世代の人らしく、贈った乗用車には愛称をつけている。「シンカ」(仲間という意味)。軽トラックの愛称はジーマミ号(沖縄語で落花生)。

まさに、ネット社会の象徴だ。カンパを送ってくれたのは日本の小学生も韓国人もメキシコ人もいる。「ネット反戦」だ。

こんなこと書いている私は、全くパソコンにさわれない。ネット通信なんて無縁。縄文人を見るように私を冷やかす友人には、〈本当の人類はあんなことやらないものなんだ〉とうそぶいていたが、このネット反戦の力は見直した。送金するのだから、匿名性とは関係ない。

I・T社会の危険性(なりすましとかサイバー攻撃とか)は拡大しているが、私は反戦行動の現場でその実力を発見したのであった。

ネトウヨという言葉があるのだから、ネトピースがあってもいい。

ところで米軍基地のキャンプ・シュワブの前面道路は、車道・歩道・路側帯とあって、その奥を基地が使っている土地だ。

全国どこでも路側帯は道路用地である。

ところが国(沖縄防衛局)は、基地入口の路側帯にある日突然、鋼鉄製のギサギサの三角のかどを持つ鉄製品を敷いてしまった。

座りこむのは無理。直接ぶつかると皮膚が破れそうな危険なものだ。

たとえば商店が道路用地へはみ出して看板や商品を置いたとすれば、たちまち処分される。臨時的な看板や工事用のときは、占用許可を必要とする。

基地の側は、ゲートの前の占用許可を取った。外から入る車の泥を落とす目的だ、としたらしいと説明があったとき、仲間の側に笑いが起っていた。

座りこみや反対行動を排除するためにやったのだ。まさに卑劣。いまは使わない漢字を使うと〈姑息な〉手段だ。

確かめなかったけれど、当局はその部分を「道路」から外したのかもしれない。単なる危険な路側帯ならば、合板をその上に敷けば座りこみだってできる。

＊青服・白服

抗議行動は、時折デモもやる。旗を立て、シュプレヒコールをやりながら、歩道を一キロほど進み、今度は車道を渡って基地の側の歩道を歩く。

そして、基地の門の前でシュプレヒコールをくり返した。

基地の第一ゲート前で抗議する。そのときだけ県警のバスがやってきて、要員を並ばせる。ちゃんと仕事をしていることを、税金を払っている国民（タックスペイヤー）にお知らせするチャンスだ、と張切っているようすだ。

基地を「守る人間」が三列になっている。一番奥に青い服の県警の警官。その前に白服の機動隊員。その前の列に警備会社（ＡＬＳＯＫ）の民間の人間。

三列のその奥の方にいる人間（アメリカ軍）は、出てこない仕掛けになっているのだ。国民（県民）

同士が争うのを、暖かい部屋で見ていればいいのだ。

一番前の企業の社員は気の毒だ。本当は総理大臣がやらなければならないことを、無言で説明しなければならない。

「あんただってウチナーだろうが、沖縄の心、わからんはずなかろう」と、最前列でいわれてつらそうな若者。

しかし最近は地元の人を使わないらしい。

だれが調べたのか、今日のは名古屋から来た人らしい。

警官もつらいだろう。反対する人の気持ちがわかり、七十年前の沖縄戦のことを考えれば、デモ隊の側にまわりたい人もいるだろう。それでも職業だから、排除する側にまわっている。

気がついたことがある。三列横隊の人たちはだれも眼鏡をかけていない。眼も体も健康なのだ。老人はひとりもいない。

機動隊の隊長だけが眼鏡をかけている。かみつきそうな眼と、意思が強そうなあご。おれは隊長だと全身で主張している。いやだねえ。かわいそうだねえ。

この日は五時間近くここにいるので、とうとう二回目のトイレに行きたくなった。水を飲まないように気をつけたのに。

トイレ行きの車に乗せてもらう。五人まで。運転してくれる人も仲間。駐車場を世話してくれる人も仲間だ。

一回目は辺野古海岸のテントあたりの公衆便所に入った。

二回目は運転する人が集落の中へ入っていったが、ここには公衆トイレはないようだ。集会所のような、役所が管理している建物に車をとめた。

「トイレは貸してくれないだろうね」

みんな困っているので、ここは老人の出番だと思って、私が入っていった。

責任者ふうの男性に頭をさげる。

「反対闘争で来ているのですが、トイレに困って――。貸してくれませんか?」

男はだまって部下の方を見た。私は部下の女性に頭を下げて、みんなでその場所へ入っていった。

絶対床にこぼしませんから――ありがとうございました。

基地ゲート前の五時間で、多くのことを学んだ。オキナワの意思はどんな弾圧やごまかしがあっても、もう崩れることはない。気迫が違う。それを自分のこととしてとらえ、支援する全国の有志も腹がすわっている。

戦いが人間を強くしている。

闘争の結果は予断を許さない。その厳しさがあるのは承知しているが、戦いの中で〝人体の中で形成されたもの〟は必ず次世代に受け継がれることは、確信できる。

文化とはプロセスそのものにある。

❇ネコ年生まれ

昨夜は水野宅ではなく、近くの簡易ホテルに泊まった。「カメカメ」というその名もおもしろい。六畳間一泊二千円というのもいい。シャワー・トイレは廊下の向こう。食事は外食。

朝食は水野宅でごちそうになるので、歩いて行くことになった。

「まっすぐ歩いて来ればすぐだから——」

水野さんにいわれていた。

大きな農家の畑の間を進んで行く。トラクターでサトウキビの収穫をやっていた。ビニールハウスの列は、電照菊《でんしょう》。もう花が咲くのも近いようだった。

男の子が二人、兄と弟。目が大きくてめんこい子。自己紹介したあと聞いてみた。男の子ばかり五人兄弟だという。学校は今帰仁小学校。

収穫したサトウキビがコンテナに入って並んでいる。二十センチくらいのを一本、神様の許しを得てかじってみた。甘い、甘い。

コンクリートの道路が左右に延びてその横は深い水路。それに沿って歩いて行っても水野宅につかない。迷ったのだ。

朝食をだいぶん遅らせてしまった。

「ごめん、ごめん。ぼくはネコ年生まれだから」

ネコは、半径五百メートルくらいしか解らないらしい。

水野さんの息子の奥さんの英子さんが、「ネコ年ってあったっけ」と備子《ともこ》さんに聞いている。

前の日はケイタイで電話し、大きな道路まで車で迎えに来てもらったのだった。

「まっすぐ、といったでしょ」と、水野さん。

そりゃそうだけど、水路沿いのほうが堂々とした道だったから、といい返した。細い道はたしかにまっすぐ続いていた。

〝途中に道があるけど、曲がらないでそのまま進めと教えないとわからない〟よ、と反論してみた。今まで迷った人はいない、という。

次の日の朝は、まっすぐ歩いた。ところがどうしても水野宅がわからない。歩いていくとふつうの家の前に、手作りの看板があって、〝マチャ小カズ子〟と書いてある。そういえば、前夜水野宅で紹介されたおばあちゃんをみんな〝カズコさん〟と呼んでいた。マチャ小は、屋号で「小」はグヮと読むらしい。水野宅の裏だといっていたのを思い出した。

もう遠くはない。裏手に当るところを歩きまわる。家が少ないところだから、表札をのぞいて調べようと考えたとき、「あ、おはよう」と声がした。

水野夫人の備子さんだ。

「すぐわかったでしょ」

「うん。今日は迷わなかったよ」

認知能力はたしかに落ちている。順調に老化している。

同年齢の友人（記憶力抜群で理論的。ある町の町議を長く務めた人）が、七十歳過ぎでアルツハイマー型の認知症になった。近くの施設に入ったがやがて脳梗塞になり、体と言葉に後遺症が出た。これはショックだった。

オレは大丈夫だ——と考える。子どものころからネジが一本抜けていたから、認知症への免疫力がついているのではないかな。小学生のころから持ち物をなくす、すぐに道に迷うのが得意だった。

一九八七年、札幌から稚内に転居したとき、止むを得ず車の免許を取ったのだけれど、四か月かかった。勤めていた短期大学の学生たちは一か月の半分くらいで、すいすいと合格していた。

❇個人が作った文化館

今帰仁村から沖縄市へ車で移動し、「くすぬち平和文化館」を訪ねる。「くすぬち」とは、クスノキのこと。沖縄市はかつて米軍の無法ぶりに怒った民衆が立ち上がったゴザ騒動のあったゴザ村も含む。今は落ちついた街。

私はここの存在を知らなかったけれど、私が身柄を預けた感じの水野さんは、初めからここに連れてくるつもりだったようだ。

ここの真栄城玄徳《まえしろげんとく》さんに会わせてくれた。

とりあえず挨拶だけして、二階にあるホールの講演会へ行った。今日は「沖縄県子どもの本研究会」主催の講演会。この研究会は一九七三年に発足し二〇一三年に社団法人化。子どもの本の学校の開催や子どもの現実についての今日のような講演なども開催する。堂々たる文化団体だ。まとまりのいいこういう団体は、全国でも稀《まれ》だと思う。

この時お会いし、立ち話だけど話し合った人。事務局長の大田利津子さん。会長の山内淳子さん。元会長の平田恵美子さん。

沖縄の未来、子どもたちの未来を自分たちの努力でなんとかしたい――そういう仲間に会えてよかった。

講師の加藤彰彦さん（ペンネーム・野本三吉）は沖縄大学の学長をやめた後も、こうして沖縄の子どもの生活の現実を直視した論考も行動もしておられる（彼とは沖縄での日本児童文学者協会のセミナーでお会いしている）。

沖縄学習の旅なので、私は忙しい。講演を途中でぬけ出して、この建物の持ち主の真栄城玄徳さんと話す。仕事も見せてもらう。

玄徳さんについて。沖縄本島の約二十％が米軍基地。その三分の一が国有地、三分の一が市町村有地、三分の一が私有地といわれている。その中で基地への土地提供を拒み、日本政府との契約を拒否する軍用地主、いわゆる反戦地主と呼ばれている。その一人だ。

沖縄戦のとき本島北部へ疎開、父親を沖縄戦で亡くした。収容所から帰ってくると、故郷は嘉手納基地になっていた。

玄徳さんと妻の栄子さんは、一九七四年に自宅で「子ども文庫」を開いた。アメリカの軍政から日本に復帰した直後だ。〝これからは子どもの未来が問題だ〟と考えたのだろう。

復帰後も一貫して軍用地契約を拒否し続け、その損失補償金で、一九九八年に子どもたちが集う場として「くすぬち平和文化会館」を建てた。

一階は、絵本・紙芝居の店「アルム」。読書スペースは広いが、図書館ではなく「お店」だ。店となると責任がある。どういう本を仕入れるか、どう読んでもらえるか。栄子さんと娘さんの里見さんがスタッフ。

里見さんは息子さんの奥さんかとも思ったけど、聞くのを遠慮した。

二階にはホールや会議室、三階が資料室。

玄徳さんが資料室に案内してくれる。ここが彼の城だ。どこに何があるか、何が貴重なものか。城主だから何でも知っている。

この本と示してくれた『新世紀への証言～二十世紀を創った人物・事実・箴言』。刊行責任者は官公庁資料編纂会。だれがどこに売り込んでいる刊行物かは、私も見当がつく。

「ここに沖縄が出てこないとは――」

実直そうな玄徳さんが、静かに怒っている。

「沖縄が全く出ていない。一九四五年の六月にもないよ」

信用できる。私はあえてそのページを開かなかった。

二〇〇一年に出された本に、悲惨な沖縄戦のことがのっていない。官公庁と呼ばれるところの中枢で何が行われているか。背筋が寒くなる。

玄徳さんはまた『沖縄占領米軍犯罪事件帳』も見せてくれた。

二〇一一年の自費出版で天願盛夫編。一九九九年に第一弾。続いて第二弾も出ている。この「弾」という用語に編者の並ではない覚悟があると見た。

つまり当局が米軍の被害を最小に見せかける、そういう勢力に弾を撃ちこみ歴史の偽造はさせない、という覚悟だ。

一九九五年の少女暴行事件のあたりは読んでいて胸がつまる。被害者もまた世間が忘れてくれることを望むだろうに、〈仮名〉とはいえその事件を収録する覚悟。

その一例。

一九四八年。照屋光子(二十歳)仮名。午後九時ごろ米兵による被害。次々と別のグループに回された。

一九四九年。赤子強姦事件。

一九五五年。カデナ地区幼女強姦殺害事件。

一九五五年。新垣キク(二十九歳)仮名。午後三時、ジープの黒人二人に捕まり川沿いで二人に一回。兵舎に連れこまれ各三回強姦される。

これら米兵婦女暴行事件の中で、フィリピン兵がかなりいる。はじめは、私はわからなかった。どうしてフィリピン人が沖縄のアメリカ軍基地にいたのか——こう考えて、やっとわかった。当時のアメリカとフィリピンとの関係なのだ。ベトナム戦争に韓国兵が参加していたことも思い出した。もしも、もしも日本に「憲法第九条」がなかったら——こう考えると、ぞっとする。

現に二〇〇三年のイラク戦争では、自衛隊が「後方支援」とはいえ「参戦」している。誰が考えてもわかることだが、後方支援と輸送がなければ戦争はできない。自衛隊の輸送機がイラク戦争の激しい所へ「アメリカ兵と武器弾薬を運んだ」ことが、派兵差し止め裁判の名古屋高裁で認定されている。

私の兄は「後方支援」の部隊、つまり輜重《しちょう》部隊だった。

玄徳さんのところでは、大収穫があった。

孫娘三人と話すことができた。お名前もちゃんと教えてもらった。

彩音《あやね》ちゃん七歳、一年生。璃音《りおん》ちゃん六歳。心音《ここね》ちゃん三歳。

璃音ちゃんは前歯の上三本がぬけていて、それがめんこい。

「どうするの、だんだんおばあちゃんになっちゃうよ」

「ううん。あとで大人の歯ちゃんと生えてくるんだよ、ね、ね、ね」

三人に聞いてやった。

「自分で歯をみがける人はだあれ」

「はあい」「はあい」「はあい」

ほんとかなあ。ああおもしろかった。遊んでくれてありがとう。

❇ナキジンの桜まつり

今帰仁村の城跡（建物はない）を使って、「桜まつり」が開かれていた。

水野備子《ともこ》さんが店を出している（ある一定の店が並んでいるところの責任者でもある）ので、そこへ家族と私も集まった。

ライトアップしている中で、ヒカンザクラが咲いている。寒い日が続いたので、城跡のずうっと上の方では、チラホラしか咲いていない。満開のものは恐ろしくてせつなくて嫌いな私には、ちょうどよい（桜の花が名誉の戦死のシンボルにされていた時代があった。今後はどうなるの）。

桜まつりそのものは、役場の人と、この地区の村民が力あわせてボランティアでやっている。

私と水野さんは城跡の石段をかなり上まで登って見学した。いろいろ説明板がある。

私は何の説明もないふしぎな場所に注目した。階段を降りていかなければならない場所。まわりは石を積んだ壁。観光客は気にとめていないようだけど、ここは牢獄だと思った。千年以上前の城と支配と戦いを考えるとそれがわかって、浮き浮きした気分にはなれない。

その関連でいうと、この城跡の石段の石は平らになっていない。これは復元したときにそうしたのか、昔からそうだったのか。石灰岩のため、平らな石が存在しないのか。とくかく老人には危ない。靴先がひっかからないように、注意してばかりなので肩がこった。

観光客が多い。時間が遅かったので伝統の踊りなどのイベントは終わっていた。終わりかけの祭りの風情が好きな私には、ぴったりの時間だ。

観光客には、アメリカ兵のグループはいなかった。

備子さんの店はおもしろいものばかり並んでいる。絵がある。民芸品もある。備子さんが作る布ぞうりに人気があるという。

素焼きの魔除けもよく売れる。その中で備子さんが作った素焼きのものを買った。

それは、昼寝しているような、怒っているような、開きなおっているような爺さんの顔だ。その表情が気に入った。

水野家族に、ささやかに私がごちそうすることにして、屋台をのぞく。今夜はここで夕食だ。ブタやトリの串焼きや、ソーキそばやいろいろ。運転しないので酒をのめるのは息子の嫁さんの英子さんと私だけ。二人で泡盛ソーダのようなもので乾杯。

〈コウちゃんは、夜のヒカンザクラを見る余裕はあったろうか〉

上まぶたが重い感じの亡兄のことを、またも考えてしまった。夜の闇のせいだ。

❇高江でわかったこと

沖縄本島の北端にある国頭村《くにがみそん》、その少し南には西の海に面して大宜味村《おおぎみそん》、東の海に面して東村《ひがしそん》。その東村に高江《たかえ》地区がある。

ここにあるのが、総面積約七千八百ヘクタールの「米軍北部訓練場」。ここは「ジャングル戦闘訓練センター」でもあって、ベトナム戦争のとき、ジャングル戦闘のためのきびしい訓練が行われた。ベトナムでのゲリラ戦に手を焼いた米軍と南ベトナム政府軍は、結局は敗退したが、そのためにここで訓練をしたのだ。ベトナム人の役をここの住民がやらされたというから、残酷で悲しい話ではないか。

沖縄の米軍基地とその反対闘争のことは、なかなか本土に伝わらない。特に高江のことは辺野古に比べるといっそうその傾向が強い。

実は私も「高江」のことは、よく知らなかった。

今回参加してもらってきたパンフレット「voice of TAKAE—沖縄県東村高江で起きたこと２０１４・１・31　改訂版」。自分の〝無知〟があばかれると同時に、米軍基地と日本政府のなりふりかまわぬ〝ゴリ押しの実態〟の中身がわかる貴重な手書き・手作り印刷物。

以下に、その一部を紹介したい。

高江は人口約百五十名で、中学生以下が二割をしめる子どもの多い集落です。美しい山と川に囲まれて子どもたちものびのびと育っています。

そこに隣接し、七千八百ヘクタールの米軍北部訓練場があり、二十二か所のヘリパッドが既にある。そこへさらに六か所のヘリパッド建設が予定されています。一番近い民家からわずか四百メートルしか離れていないのです。

ヘリパッドとは実はオスプレイパッド、ヘリコプター離着陸帯のことです。森を切り開き、直径七十五メートルの円型に造成されます。

北部訓練場の半分を返還するという名目で、ヘリパッドを高江周辺に移設する。次に海からの上陸作戦のための水域と土地（宇嘉川《うかがわ》河口）の提供が決められたのです。

合意の背景には、新機種オスプレイの配備がありました。（後略）

オスプレイはプロペラの角度を変える。上に切り替えれば垂直に離着陸できる。前方にすればふつうの飛行機になるが、爆音・爆風が大きい。下に向けて噴射される高熱排気は二百十七度にもなり、アメリカでは火災事故が起きたし、堕落事故も起きている。

❇沖縄の児童文学の仲間と

この日の夜、池宮城《いけみやぎ》けいさんと約束していて彼女の仲間五人との夕食会。池宮城さんは日本児童文学者協会の沖縄支部長で、二〇一二年の日本児童文学者協会のセミナーでお会いしている。

女性は兼村芙美子さんと比嘉美津枝さん。二人とも作品を書く。男性二人のうち大池功さんは元ミュージシャン、奥さんが絵を描く人。私の隣りの席の川満昭広さんは専門学校の事務に勤めながら、出版の仕事もしている人。基地反対闘争には当然のように参加している人。

会場は沖縄料理店（大衆的でうまいので店はびっしり）なんだけど、私は正直いって味を楽しむ余裕はなかった。

中央から遠く離れて作品を書いていくことのプラスとマイナスなどの話もしたが、なにしろ私は亡き兄のことも話す、今回の学習の旅を中心に書くルポルタージュのことも話すし、何よりもみなさんの人生のことを聞きたい。聞いてメモをする。とても忙しい二時間であった。

この夜の池宮城さんの話は、とうてい忘れることができない。その夜、ベッドの中でも話の中の光景が頭から離れなかった。

彼女は、サイパンの住民集団自殺、いわゆる〈バンザイ・クリフの悲劇〉から生きのびた人だった。そのとき彼女は一歳の赤ちゃんだった。

一家は沖縄からサイパンに移住。父親はサトウキビ工場で働いていた。

二人の兄は、米軍の空襲にやられて死んだ。そこから逃げた一家は、いよいよ追いつめられ、あの「捕虜になるなら死ね」の鉄則に従って近所の人たちもいっしょに、崖の上から海めがけて飛び降りた。ところが、父母、姉、自分も、みんな死ななかった。七歳の姉は気がつくと裸で、パンツのゴムひもだけが体に残っていたという。

遠くへとべないから木にひっかかったかもしれないし、だれも命を落とさなかったのは、先に飛びこんだ死体がクッションになってくれたからと、池宮城さんはいう。

彼女は一歳、記憶しているはずもない。一歳の彼女は、母親が祖母の形見の和服でぐるぐると包んで、ひとりだけどんな怪我もしなかった。

食べながら話を聞きながら、メモしながら、奇跡的に助かったこの人の「とばなければならぬ」理由のことを、私も考えてばかりいた。なぜかというと、〈バンザイ・クリフ〉のことを詩作品にして、「小樽詩話会」という五十年続いている詩のグループの二〇一五年二月号に、会員として送稿したばかりだったからだ。

冬なので

加藤　多一

石垣りん様
冬の朝　偶然あなたの世界に入ってしまいました
「現代詩手帖特集版・石垣りん」
よく知られているから　有名な詩だからと　ちゃんと読んでいなかった
ごめんなさい　雪積もる冬は思いも積もるようなのです
「表札」「シジミ」「私の前にある鍋とお釜と燃える火と」などなど
しかし　この朝ひきつけられたのは　反戦の志を持つ作品でした

崖

戦争の終り、
サイパン島の崖の上から
次々に身を投げた女たち。

美徳やら義理やら体裁やら
何やら。

火だの男だのに追いつめられて。
とばなければならないからとびこんだ。
ゆき場のないゆき場所。
(崖はいつも女をまっさかさまにする)

それがねえ
まだ一人も海にとどかないのだ。
十五年もたつというのに
どうしたのだろう。
あの、
女。

この誌の付録のCDも聴きました　あなたの肉声　一九九九年録音
控えめで羞かしそうなかわいい声でしたよ
「まだ一人も海にとどかない」この一行　女という存在の歴史的・社会的把握
そして何よりも底流する戦争批判——
しかし　石垣りん様　これでいいのでしょうか　「とばなければならない」でも

そこには「とばせた者」がいた　と考えませんでしたか

出征兵士見送り世代の私には　静かに見えてくるものがあります
テンノウの名で兵士と国民におしつけてきた「戦陣訓」
「捕虜になる前に死ね」　どれほどの国民がこれで死んだことか
オキナワ住民の集団自殺も　北千島やサイパンなど南の島々でも――
自分で死ねない乳児・幼児は大人が殺した

兵士の場合　絶望的な攻撃を「玉砕」と称した　立ち上がれない兵士には青酸カリ
戦死の七割ほどは餓死だという　死んだ仲間や敵兵の肉を食う人もいたという
美しい日本語「玉砕」
米軍はあの崖を「バンザイ・クリフ」と呼んだ
だれのためにバンザイをさせられた　わかっているのに言わない日本人よ
バンザイは今も生きている　極端なのは結婚祝賀会でもこれをやる
たかが国際大運動会なのに「日の丸」を体に巻きつける選手たち
その日が来たら「崖」からとぶつもりでしょうね

石垣りん様　いつまでたっても海にとどかないと書いたりん様

この一行に感動します　しかし
とべと命令した者の正体については口をつぐむ私たち
りん様
　口をつぐむのは寒い冬のせいです

抒情性が少なく、リクツが目立つ私の作品は、月一回の合評会での仲間の評判はあまりよくなかった。

何という出会いの不思議。人と会うことのありがたさ。この詩を書いた直後に「とびこんで」「死なずに生き残った人」に会えるなんて——。

この夜、心ゆさぶられたことのもうひとつは、川満昭広さんの行動だ。酒はないけど楽しい宴は終わって、私たちはホテルに帰って寝るだけ。

ところが、彼は違った。

「これから行ってきます。辺野古は夜中に何をやられるかわからんからね」

行って、車の中やテントから仲間といっしょに当局の行動を監視するのだという。現に真夜中に資材を運びこんだりしたという。目を離せないのだ。

私は握手して別れたが、言葉も出ない。理解したつもりが、はずかしかった。

私は書くことでしか参加できないのだから——などと心の中で言い訳しながら、その翌日、小樽市の自宅へ帰った。

しかし、沖縄の状況はますます悪化する。一日として手を抜けない状況だ。

❇帰宅―北海道で

この日の夜、ＮＨＫのテレビで、偶然に小野田寛郎《ひろお》元少尉についての特集をやっていた。時は切れ目なく続くもの。亡き次兄が戦死させられた沖縄のこと。私のオキナワ学習の日々も、やがては現代史の一部分になっていく。

切りがないのだから、帰宅した日のことまで書いてもしようがないのだけど、「捕虜になる前に死ね」「上官の命令がすなわち天皇の命令である」の典型である小野田さんのことは、書かねばならぬ。

彼は日本敗戦後、なんと三十年間もフィリピンの山中にたった一人で生きのびて、救出された。番組では、そのときのインタビューを見ることができた。

「穴の中で毎日何を考えましたか」

「いや、任務遂行のことしか考えなかった」

食いもののこと、肉親のこと、性のことは考えなかった、と言い切った。人間ではなく皇軍の士官なのですか？

実兄が行って、マイクで「ヒロちゃん」と呼びかけても、出てこなかった。敗戦も知っていた。上官の直接の命令がないので、自分では行動を決められない。

そこで元上官の谷口さん（麦わら帽子をかぶっていた）が行き、命令した。

それで死なずに帰国した（二〇一四年一月に九十一歳で亡くなられた）。

当時マスメディアも大衆も、ほとんど熱狂的に帰国を歓迎した。私もその大衆のひとりであったが、六歳上の兄・嘉一《かいち》とは厳しい話をしたのを思い出す。

少尉だから部下がいたはずだ。その部下をどう扱って、どう戦病死（餓死はすべてこの扱いであった）させたのか。なぜ一人だけ生き残ったのか（小銃とピストルを持っていたが、撃ったのは鳥や獣だけではないはずだ）。ふもとの村の農家で食物をあさったはずだが、当然銃が役立っただろう。

兄と私の心の中には、当然「羨ましい」という感情があった。帰還して父母に会えたとは――、しかしこの人は人肉を食って生きのびたのかもしれない。悪いのは「上官の命令のシステム」だ。

敗戦のとき十七歳だった兄は、帰還兵たちからもっともっとひどい話も聞いていたのかもしれない。

二〇一五年の現在では、小野田さんのことをかわいそうな人だと思う。自分は天皇の軍隊による恐るべき「洗脳」の被害者だ――とはついに考えることができなかった人だ。

太平洋戦争を主題に多くの小説や映画、テレビドラマの名作もある。しかし、七十年たっても沖縄には戦後がない。

本土の人々は、あの戦争を過去のものとしている。その前提での名作だと思う。

たしかに名作もあった。

しかし、だれが戦争を始めたか。だれが最高責任者だったたか。その責任はどう追及されたのかを考えない「名作」ではあった――と沖縄で学習した今は言うことができる。

なお、日本人は日本人の戦犯・戦争責任者を、昔も今も追及し裁くことはしていないといわれている（東京裁判はあったが、あれは戦勝国がやったこと）。

天皇制を支持する国民は圧倒的に多い。そして、とことん政府を追及したくない人も多いのではなかろうか。

それは政策に満足しているからではない。「国策」あるいは「国益」という言い方に弱いからだ。どうしてだろう、と八十一歳の私は考える。

それは「政府」の背後に「天皇」を見ているからだ。

現在の天皇ご夫妻は、これまでにないほど人権とか民主主義の側に個人的に身を寄せている方だ。それでも、例えば国論が真二つに分裂しそうな時は、時の政府の側に必ず利用されるだろう。心やさしい天皇ご夫妻は天災被害者をお見舞いに行くが、人災被害者（原発被害者そして廃炉作業に命すりへらして働く人々）の方には、なかなか行けない。行かせてもらえない。これが実態なのだ、と思う。

「北海道におけるアメリカ軍」のことをここで書いておきたい。

私の帰宅後、北海道の新聞は道東の別海町《べつかいちょう》など三町にまたがる広大な「矢臼別《やうすべつ》・自衛隊演習場」を使ってのアメリカ軍の大演習のことを報じた。二月九日から二十二日まで。日米合同の冬期行動は三年がかり。千葉県の空挺団百五十人と在アラスカの米陸軍五十人がやってくる。

これまでも、自衛隊と一体となってのアメリカ軍の演習はやり放題なのである。二〇一四年には、アメリカ軍の砲弾が全くとんでもない所に落ちて草原の一部が焼けた。

北海道の人間がからんでいることも書いておきたい。

日本や韓国の基地反対闘争の映画。最近では、映画「圧殺の海・沖縄辺野古」を完成させ全国で上映運動をしている「森の映画社」は、北海道が本拠地である（藤本幸久さんと影山あさ子さんが、カンパで成り立たせている）。

私の知友の影山あさ子さんが一月二十日、辺野古の海で、海上保安庁の過剰警備でひどい目にあった。

カメラを持って現場を撮影していたところ、海上保安庁の船にひきあげられ「確保」された。カメラを取りあげようとする屈強の男が肩に馬乗りになってのしかかる中で、あさ子さんが必死でカメラを守るようすが報道陣に撮影され、新聞に載った。

ケイタイであさ子さんに「死なないでくれよ」といったら、からからと笑っていた。この程度でへこたれる人ではない。

森の映画社が作ったＤＶＤのうち、私には沖縄戦から奇跡的に生還してきた満山凱丈《みつやまよしたけ》さんの証言「沖縄で戦った北海道の若者たち」が貴重だ。十勝《とかち》の上士幌《かみしほろ》町在住の方だから、ぜひ訪ねて行こうと思っているうちに、亡くなったということが報じられた。

こうなると映像記録が何よりも貴重だ。森の映画社の仕事には「沖縄戦の少女たち」もあり、当時十六歳の中程《なかほど》シゲさんたちの貴重きわまる証言が入っている。

Ⅵ 小説家・目取眞俊の仕事

目取眞俊《めどるましゅん》さんについては、活字化されたものを読んだだけだが、それで十分な気がする。以下にこの方の作品の紹介をしながら、私が触発されたことを記す。

■『水滴』（一九九七年文藝春秋社刊）

九州芸術祭文学賞と芥川賞を受けた、表題作の他「風音」「オキナワン・ブック・レビュー」を収録。若者が突然の奇病になる。医者もお手上げ。腫れ上がった足。そこから滴り落ちる水滴。それを夜毎飲みにくるのは壁の闇から現れる兵士たち、どうやら餓死したらしい亡者。そしてその水をびんにつめて売る男――。

こういう非現実とオキナワの戦後生活の現実が同じ重さで描かれている。

第一に私はこの作品が、九州・沖縄圏でまず評価されたことに注目する。

第二にこれを芥川賞に選んだ当時の選考委員各位の、歴史を直視する目に敬意を感じる。時流に流されるだけではすまないだろう、と判断した出版社の編集者も当時はいたのだ。

第三に、作者・目取眞俊の立ち位置のこと。芥川賞という「売れ筋文壇行きバス」の切符を手に入れながら、途中でバスを降りてしまったように見える。バスを降りる決断のことを何と呼べばいいのだろう。

自分の立ち位置を決して譲らなかった。

なお「オキナワン・ブック・レビュー」は、一九九二年一月号の「文学界」に載せたもので架空の本の書評。この中で大山鳴動《おおやまめいどう》著『天皇陛下と沖縄』の紹介が興味をひく。大山氏は「皇太子のお妃を沖縄から娶られること」の大運動をした人物としている。

■短編集『平和通りと名付けられた街を歩いて』(二〇〇三年影書房刊)

芥川賞から六年後。大手出版社ではなく時流に媚びない小さな出版社・影書房のこの本は、表題作を含め以下の五編をおさめる。

「魚群記」

初めて活字になった小説。一九六〇年生まれの作者は二十三歳。「琉球新報短編小説賞」に応募するため、喫茶店で書き始め、半月で書きあげて大学の寮で清書したという。そして、受賞した。

「雛」

ヒナが卵からかえるときヒナ自身が内側から殻を蹴破るのだ、という思いこみにとらわれている妻のKを描く。Kと同様他の作中人物もイニシアルだ。

Kは想像妊娠している。語り手である〈私〉はKの下腹部に手を当て「私の掌を蹴る雛鳥の激しい一撃を待ちつづけた」。その一撃の意味が、読者に伝わる。

「蜘蛛」

五編の中で最も不気味だ。語り手の〈ぼく〉は、補虫網で取った蝶や蜘蛛の羽根や手足をむしり取り、その体を切り刻むような少年だった。母が嘆き少年を鞭で打ちそして抱きしめる。

時が過ぎ、蜘蛛は老婆になったり、孫の美少女になったりしながら、主人公を愛し、苦しめる。

「平和通りと名付けられた街を歩いて」

この作品は文字量も主題の重さも、巻中で一番だ。

一九八三年沖縄で催された〝献血運動全国大会〟に当時の皇太子と夫人が出席した、という事実を逆手にとった複層的なフィクション。

その日、つまり七月十三日金曜日、この一日のために沖縄の目の前の現実を徹底的にかくそうとする当局。そういう人間を巧妙に排除した事実が基になっている。

夫がその日の朝取ってきた魚を通りで売る女たち。痴呆になっている老女らが排除される。巧妙な（巧の字をサンズイで書きたい私だ）そのやり方の表と裏。子どもにも手を伸ばす。沖縄戦を生きのびてここまできて痴呆になった老女ウタを、家族は困惑しながらも大切に一緒に暮らしているのに、このウタが狙われる。カジュと呼ばれる孫の一義やサチが狙われる。

方言をそのまま使う。一人の視点ではなく数人の個性と魅力をもつ人物に沿って描く。主題が作者の言としてむき出しにならず、登場人物の体と心のひだに入って描く。

影書房刊行でいいのだが、この快作が大手出版社から出なかった事実を、その深い意味を、私は考えたいのだ。

文末に〈作者注〉あり。〝作品中の新聞記事、皇太子の言葉は、一九八三年七月七日〜十四日の沖縄タイムス紙の記事より適宜引用した〟

「マーの見た空」

語り手の〝僕〟の一種の帰省小説。僕は大学生。成人式で故郷に帰省。マーと呼ばれていた知恵遅れの青年の亡霊に出会ってしまう。母は「あんた魂落《まぶい》としたんじゃないね」と嘆く。

〈僕〉は、牡牛が争う闘牛場にまぎれこみ、そこでも死んだはずのマーを見る。Mと呼ぶ同級生（イニシャルであることが、かえってせつないほどのリアリティをもたらす）との幼い性の世界。実は台湾女だったというマーの母親のことや噴きあげるような方言の力（たぶん作者の故郷の今帰仁《なきじん》方言）などによって、作者の体が内蔵する風土の力を十分に感受することができる。

■『魂込め《まぶいぐみ》』（一九九九年朝日新聞社刊）

一九九七年芥川賞受賞後初の短編集。文芸の大手出版社から出たものでない。新聞社が文学作品を出版すること自体は、高く評価されるべきものと思う。

■『風音』（二〇〇四年リトルモア刊）

長編小説である。この作品自体、経年の〝物語〟を持っていて一九九七年刊の『水滴』におさめられていたが、その後映画化された。その脚本も自分で書いた。これに、他の要素も加えて、もう一度小説化したもの。〝風音〟とは、沖縄戦の死者の頭蓋骨に風が出入りする音を指す。

■『虹の鳥』（二〇〇六年影書房刊）

初出誌は、朝日新聞社の「小説トリッパー」二〇〇四年冬季号。

リアリズムの手法で描かれている。沖縄の少年少女の目をそむけたくなるほどの行動にショックをうける。

なお、同年の毎日新聞に三浦雅士による「評」がある。「日・米・沖縄をめぐる悲惨の切実な隠喩」その隠喩。比嘉（カツヤを使って少女売春をさせ暴力で支配する男）、カツヤ（少女のマユに心ひかれつつその売春を管理する少年）、マユ（最後に比嘉を殺す）の三人が、それぞれアメリカ・日本・沖縄にたとえられているのだ。

■『沖縄「戦後」ゼロ年』（二〇〇五年ＮＨＫ出版刊・生活人新書）
タイトル、がすでに明快だ。沖縄に戦後はない。いまも戦中だから――。

二〇一五年一月、高江のヘリ基地反対行動に参加したあと、私は嘉手納基地のそばのコンビニの前で恐るべき騒音と黒色怪異のオスプレイに頭上を占領された。辺野古でも高江でも人々は現在も戦っている。

目取眞俊。一九六〇年、やんばるの今帰仁村生まれ。厳密にいうと屋我地島《やがじ》の生まれ（現在は橋でつながっている）。この島で、母方の祖母から苦しいせつない人生を伝えられる。

敗戦時、十歳ほどだった母の苦難の日々も、この作家の中に流れこんでいる。

父方の祖父母・母方の祖父母・そして父母。作者はそこから受け継ぐ（べき）ものを受け継いでいる。

これほど綿密でまともな（受け継ぎ）が、私には少ない。

戦前まで内国植民地だった北海道（だから道知事はいなかった）で生きてきた私たちは、先祖のこと、昔のことといったん区切りをつけ、それを捨てて入植した人間集団の子孫が多い。昔のことを考えずに現在形で生きていくような心情が私にもあるようだ。

今から十年前（あえていえば戦後六十年）のこの本のどの項目を読んでも、問題が全く解決されず、現在進行形であることに気づく。

どれも歴史を偽造したい勢力にとっては、痛打になるはずの記述が続く。

〈沖縄戦と慰安所〉

戦争中今帰仁村にも日本兵のための慰安所があった。そこで働かされていた女性たちは、戦後今度は米軍の相手をさせられる。そのあっせんをしたのが、当時警防団長をしていたこの人の祖父と旅館の主人だった。

〈日本人になること〉

一九〇三年、大阪の「内国勧業博覧会」の「学術人類館」で、琉球人が見せものにされた。

アイヌ・朝鮮人・台湾の生蕃《せいばん》（先住民）そして琉球人。アイヌ差別の学習を通じて「人類館」のことは知っていたが、当時「琉球新報」がそのことに抗議したこと、またその抗議内容は知らなかった。

アイヌや生蕃や朝鮮人と琉球人を同列におくことは許さぬ、という抗議だ。

目取眞俊はその理由について、こう書く。

「廃藩置県によって沖縄県となり〝一視同仁の皇沢《こうたく》に浴して〟日本人になったことを強調する一方で、アイヌや朝鮮人に対するヤマトゥの差別意識を内面化して、みずからも差別する側に回っていく思考が、すでに生み出されているのがわかります」

〈同化を促した沖縄差別〉

今帰仁村字仲尾次《なかおじ》で一九〇七年に生まれた父方の祖母は、神奈川県の紡績工場へ働きに行く。そこで直面した差別の数々。町の食堂の張り紙。「琉球人、朝鮮人お断り」他の県の女工とけんかになると、「腐れ沖縄、豚殺し」と言われた（豚肉食の文化は今も続いている）。女工たちはまず東京見物をさせられる。宮城に来たとき、祖母は〝一目でいいから天皇陛下を拝ませてください〟と衛兵に頼む。あっけなく拒否された祖母は腹いせに植え込みで小便をした、という（私もやむをえず辺野古の米軍基地の金網に小便をかけてやった）。

彼は書く。「一見沖縄人が自ら進んで行ったかのように見えるヤマトゥへの同化の裏には、差別と脅迫＝強制の構図があったことを見なければなりません」

〈天皇の戦争責任〉

一九八三年。現在の天皇が沖縄に来た。献血推進運動全国大会だ。

彼は小説の中で、〝精神障害者や汚いものは表に出すな〟という過剰警備を批判的に描いた。

それ以前のこと。一九七五年。「海洋博」のとき皇太子だった現天皇が沖縄に来た。そして、ひめゆりの塔で火炎瓶を投げられるという事件があった。

一九八七年。「復帰十五周年記念」に「海邦国体」が開催された。

このとき昭和天皇の来沖が焦点になり、沖縄の教育現場が大混乱となった。それは、卒業式・入学式への「日の丸・君が代」の激しい強制となった。

昭和天皇は大腸ガンを患って来られなかった。

「この報道に接したとき、私には沖縄戦で殺された者たちの怒りと恨みが、昭和天皇の肉体にとりついたような気がしました」

この本の中で彼はこのように書く。書くことができる小説家なのだ。さらに、こうも書く。

「〝国体護持〟という自己保身のために戦争を長引かせ、沖縄を〝捨て石〟にしたこと。さらに〝天皇メッセージ〟をマッカーサーに送って沖縄をアメリカに売り飛ばしたこと。それらの反省もなければ、みずからの戦争責任をごまかし続けた小心な男が、恥かしげもなく沖縄の地を踏むことが許されるはずはありません」

「生きたウチナーンチュたちが天皇来沖を阻止できないことを知った沖縄戦の死者たちが、沖縄の地を踏ませまいと、あの世に早く招いてやった。私にはそう思えてなりませんでした」

ＮＨＫ出版の新書版、一八九ページのこの本に、私がどうしてこれほどこだわるのか、を考えている。十一歳まで天皇制と軍国主義を注入された農民の子が、八十一歳まで生きのびることができた。沖縄戦において二十四歳で戦死させられた次兄コウちゃんの無念さのために何をするべきか。人間は生きている〝トキ〟と〝トコロ〟から逃げられない。

と、すれば逃げずに（逃げてもタカが知れている）、私も自分の原点を掘り続けるしかない。言葉の力、紙の本の活字の力のみによって知ることができたこの著者の、自分の原点を決して手離さない方法を、少しは自分の体内にとり入れたい——という身体反応があったせいだ。

それがこだわる理由、ということになる。

■『沖縄／草の声・根の意志』（二〇〇一年世織書房刊）

私はここにたどりついた。この本は一九九九年から三年間、地元新聞二紙（琉球新報と沖縄タイムス）に書いたものを中心に、全国紙（誌）などに書いた文章がびっしりとおさめられている。

過去の事実がいかに現状を作っているかがわかる。政治家の策動と現状容認の大衆と――。

例えば「沖縄サミット・浪費政治ショーの愚かさ」（二〇〇〇年七月二十八日「琉球新報」）

私にはまるで「年表」や「百科事典」をのぞくように当時の状況がわかってくる。沖縄サミットに八百十五億円もかけたこと（ドイツ・ケルンでのサミットは七億円だったという）。過剰警備で人が入らず、アテが外れた業界が多いこと。土建や造園でもうけた業界もあるが、要は、政治ショーに過ぎないことを見破っている。

最大の期待外れは、基地問題への米首脳の態度だ（サミット直前にも米兵による少女わいせつ事件やひき逃げ事件などが相ついでいた）。

クリントン大統領の演説は日米同盟の強さを強調したのみだった。

朝日新聞に書いた「二千円札・なぜ沖縄守礼の門？」は、まともに問題点をつく。

これは基地問題にからんだ飴《あめ》玉のひとつではないか。二千円札を出す意味と効果は何だったのか。ジョークにもならぬ。

県内にはもっと重大な問題があったではないか。

新平和祈念資料館の展示内容を、稲嶺知事ら県当局幹部が一度は「変更」を企んだことだ。

ちなみに、二〇一四年に私が学んだアウシュビッツには、残酷・残忍な証拠品がしっかり残されていた。それらを学ぶため続々と見学に来ていたのは、加害国ドイツの中学生であった。

目取眞俊のこの一冊に満ちているメッセージはたったひとつだ、と私は読んだ。それは「アメリカと日本の軍隊は、沖縄を再び捨て石にするつもりだ」ということ。

目取眞俊さんの作品と発言を読んできて、私が触発され最終的に、現時点でわかってきたことを書く。

多数者が支持している形になっている自民党（二〇一四年の衆院選の小選挙区では、二十四％の得票で七十五％の議席）。

この政府は武力以外の努力（外交の努力・連帯しての経済的圧力・立場を国際的に理解してもらうための日常のあらゆる努力）には、あまり力を入れないだろう。

沖縄には、アメリカ軍の大基地を中心に、オスプレイその他の最新ハイテク装備があり、日本の自衛隊基地の強化と合同訓練がある。

外交努力の成果があがると、開発に巨費を投じてきた武器産業が必要とする最新兵器の実験場がなくなるではないか。

七十年前を考えてみる。

崩壊直前だった日本に原爆をなぜ二発も落としたか。ヒロシマはウラン爆弾。ナガサキはプルトニウム爆弾。別々に効果測定が必要だったのだ。巨大な武器産業は、最新兵器の実験場をつねに物色している。

もうひとつ分かってきたことがある。それは、地域エゴイズムのことだ。米軍基地の被害について、沖縄側があまり強力に反対するから、われわれの県に被害が移ってくる。これは困るよ、というものだ。

北海道でも、地域エゴイズムを口にする人たちがいる。

沖縄で主要道路の上を飛び交う米軍の実弾射撃訓練が問題になったとき、当局はそれを北海道では道東の「矢臼別《やうすべつ》演習場」に移した。日米合同訓練も、ここで毎年行われている。

住民や北海道平和委員会など反対する力も強いが、当局は米軍精鋭部隊を道東の港から上陸させる。上陸のための訓練だという。本番でどこに上陸するつもりだ。もはや「自衛」ではない。

自衛隊矢臼別演習場の隣りには絶対に土地を売らない、と戦ってきた川瀬牧場がある（当主は残念ながら亡くなったが、その志を継ぐ人たちががんばっている）。

米軍基地が沖縄に集中していることが大問題。しかし、本来はどんな規模の基地も自衛隊の基地も、日本中どこにもあってはいけないことだ――と腹をすえて考える必要がある。

〝この地震列島・火山列島に「原子力発電所」はいらない〟という主張と同根。イキモノとしての当然の声だ。

Ⅶ　事実が迫ってくる―二〇一五年四月

❇南風原

四月八日午後、那覇空港着。さっそく行動開始。前回の一月の学習と同様、友人水野隆夫さんが運転してくれるレンタカーで回る。

南風原《はえばる》文化センター。

建物は休館日だったが、「南風原陸軍病院壕二〇号」の入り口は見た。

「悲風の丘」と彫った巨大な建造物がある。奥行きも幅もある。高さ百八十センチほどの記念碑。

昭和四十一年三月、内閣総理大臣・佐藤榮作書。慰霊とは逆の〝英霊顕彰〟の典型だ。

病院壕の中での悲惨を広く伝えたいというのはわかるが、その記念碑の巨大さ。この人物の自筆らしい文字（名前の字は栄ではなく榮となっている）に、私はたじろぐ。何かが認められるということは、結局最高権力者に認められることか。それでいいのか。

これは、慰霊碑に天皇の短歌を入れたがる心情と同根だ。

ここにも一九九四年建立という歌碑があった。詠み人、不明。

「天つ日もおだしき光をそそげかし　傷負い眠る丘のみたまに」

短歌というよりも、和歌と呼びたいような古い日本語。しかし傷つき死んだ兵、移動のとき薬殺された兵は、安らかに眠ることができるのであろうか。ああー。

この病院壕は「大佐以下、軍医・衛生兵・看護婦四百五十名、ひめゆり学徒隊二百名が入っていた。南部撤退の時青酸《せいさん》カリなどで自決を強要された」とある。

「重傷患者二千余名自決之地」もある。

ここで憲法九条の碑を確認できた。重々しく美しいデザインだ。この南風原の住民のなんと四十四・四％が、沖縄戦で死んだ。二〇〇七年建立。裏に英語・中国語・ハングルの訳文あり。改めて憲法九条の碑に一礼して帰ろうとしたとき、突然ひとひらの黄蝶が目の前に現われ、すぐ消えた。

＊軍司令部終焉の地

四月九日、朝から摩文仁《まぶに》の丘へ。

各県の慰霊塔群をこれで三回見てゆくことになる。以前にも見て書いたが、沖縄の地の霊にとっては、慰霊の塔コンクールのような集中は（ある意味では観光資源ではあるが）、迷惑な話ではなかろうか。私も遺族なので建てたい人の気持ちも少しはわかるが、どんどん沖縄住民の心から離れていっている。樺太の碑というのもある。立山の美しい植物の名を取った黒百合の塔（石川県）というのもある。

階段を登って、登って黎明之塔《れいめいのとう》に対面する。

一九五二年設置、合祀者数2（牛島司令官と長《ちょう》参謀長）。悲惨・残酷な住民の犠牲死を続出させた作戦計画の責任者のお二人だ。

この塔は摩文仁岳の頂上にある。黎明之塔という筆文字も美しい堂々たる塔。この夜明けを意味する黎明。いったい何の夜明けなのか。沖縄県遺族連合会が建て管理しているようだが、お二人を「軍神」とでも呼びたいような雰囲気で建てたのだろう。この碑の下層の岩穴に司令本部があった。

自分たちは自殺（自決という美称は使いたくない）するが、部下は最後の一兵まで戦え。降伏は許さぬという命令を残している。何という無責任さ。この命令によって敗残兵はこの後二か月近く非組織的に戦い、死んでいった。降伏しようとする仲間の兵や住民を射殺した敗残兵の事例多数。だから、司令官が自殺したとされる日を敗戦の日とすることに、批判的な研究者がいる。

黎明之塔に近い右下方に、一九六七年に建てられた勇魂《ゆうこん》の碑がある。みじめな死とは決して言わず、「英霊顕彰」に一役買う目的で建てられたことは用語でわかる。言葉は本質であり、言い方を変えてごまかすと欺瞞《ぎまん》の本質となる。

建てたのは「軍司令部遺族戦友会」。ここには司令部に所属していた戦死者名が、県別に分けて彫られている。県別に分類されていない人が二名（県別に書くのは畏れ多いと考えたその思考があわれ。どこかの県で出生したのではなく、天上から降りてこられた方らしい）。

県別名簿で北海道は十四名。沖縄県が圧倒的に多い。その中に女性の名がかなり交っている。看護の人か炊事係か。そういう人まで入れたことに、戦友会の人々の誠意は感じられるが……。

階段を少し下りていく。第三二軍司令壕の表示と、わざわざ「第三二軍司令部終焉の地」と記した石柱が建てられている。碑にも権威づけが必要なのか。

❇沖縄戦終結日はいつ？

沖縄戦が終わったのは、六月二十三日とされている。

「六・二三」ですべての慰霊行事が行われて、これが定着しているが、単に牛島司令官の自殺の日付（六月二十二日の説もあり）に過ぎない。

自分は死ぬが兵卒は最後まで戦え。決して降伏はするな——という無責任な命令を出しておいて自殺。解散を命じられた女子学徒はそれ以後、戦死者が急増した。

この日付に疑問をつきつける沖縄大学名誉教授新崎盛暉《もりてる》氏は、『観光コースでない沖縄』（高文研刊）でこう書く。

「これは戦史の上からみても適切とはいえない。守備軍の組織的抵抗が終わった日、ということであれば六・一九が妥当だし、米軍の勝利宣言あるいは作戦終了宣言を区切りとみるならば六・二一か、七・二ということになる。正式の降伏調印なら九・七までのびてしまう。いずれにしても、六月二十三日の軍司令官の自決をもって終戦日とするのは矛盾がある。なぜなら、軍司令官の最後の命令は〈爾《じ》今《こん》各部隊は各局地における生存者の上級者之を指揮し最後まで敢闘し悠久《ゆうきゅう》の大義に生くべし〉というもので、軍司令官の自決が降伏や停戦の意思表示でないことを自ら明言しているからである」

〝悠久の大義に生くべし〟は死ねという意味である。天皇の権威を絶対視する場合は、生が死になる。日本語の意味が逆になる。ふしぎな恐ろしい言語体系である。

死ぬまで戦え、という命令がなければ、どれほどの命が助かったことか（これ以後の戦死した日本兵、そして降伏しようとして殺された日本兵や住民の事例と証言は数限りない）。

さらに階段を降りると沖縄師範健児之塔があるのだが、もう脚力がもたない。

慰霊塔が連鎖反応で増えていったことがわかる。理由はあるのだろうが、出身地ではなく職能別のものも建てている。例えば沖縄放送局戦没職員慰霊碑、逓魂之塔などなど。

巨大で特に目立つのは、富山県、岐阜県。この二県に限らず、一般に慰霊ではなくて顕彰に傾いていることが、私にはつらい。

〈この際みんなまとめてしまえ〉という方針の塔が多い。

例えば長野県の信濃の塔。

一九六四年建立。合祀者数５５４０５（沖縄戦１２９４、中部太平洋諸地域２１８１１、その他諸地域戦没者３２３００）

山口県、防長英霊の塔。

一九六六年建立。合祀者数２４４４７（沖縄戦１０４３、南方諸地域２３４０４）

❇韓国人慰霊塔

県立平和祈念資料館の裏手の、せまくて安くてうまい食堂で沖縄そばの昼食。ここで資料館の職員・古謝さんに名刺をいただく。私は紙片に名前と電話番号を書いて渡す。

次に韓国人慰霊塔公園に入って行く。小高い丘を登ると、石積みの巨大な土まんじゅうのような形の塔。一九七五年建立。

「これらの石は大韓民国の各道から集められたものである」「大統領・朴正熙」

「強制的徴募により一万余名」「あるいは戦あるいは虐殺」の文字が読める。

虐殺という文字を石に刻んだ意志を大切に思った。ともすれば当りを柔らかくするために言葉のごまかしをやる日本人の私たち。

日本兵として死んだ朝鮮半島出身者や「慰安婦」にされて死んだ人のほかに、労務者として「軍夫」と呼ばれた男たちがいた。彼らがアメリカ兵に降伏しないようにと、穴の中で何十人もとじこめて殺した事実が知られている。

❇県立平和祈念資料館

一九九三年に来たときは旧館であったが、これから見るのは二〇〇〇年に開館した新館だ。何といっても引きつけられるのは、文字を拡大していて読み易い「証言」の数々だ。

〈第二高等女学校の生徒〉

十・十空襲のとき床下に掘った穴にかくれていたが、逃げろといわれ…、低空でやってきたアメリカ兵の顔が見えた。壕は住民が苦労して掘ったのに、いざとなったら日本兵に追い出された。

〈武村豊〉

死んでいる母親の背で、赤ちゃんがバタバタしていた。見捨てて逃げた。

〈大村静江・十三歳〉

十・十空襲のとき機銃でやられ、おばが水・水・水とさけびながら死んだ。顔をうちぬかれた祖母を艦砲でできた穴にうめた。

〈古堅実吉〉

六月十九日、解散のとき師範学校の校長がいった。「死んではならん。生きのびて未来を背負って」と。とてもそんな気になれなかった。捕虜収容所へ。嘉手納で輸送船に乗せられた。着いたところはハワイだった。

私と同年齢の少年の証言もあった。

〈糸満市・金城善昌・十歳〉

ここ真栄平は六月十九日からもう捕虜にされているんです。スピーカーから、アメリカは悪いことはしないから、デマ宣伝はきかないで早く出なさい。

元からの壕の主は一家全滅しました。わたしの出る前、手榴弾《しゅりゅうだん》を配布しておりました。二人一個ずつ自決の方法もだれとだれは組みなさい。あんたとあんたはどうしなさい、などと方法まで教えていました。

〈金城トミ・十三歳〉

わたしらは部落の大きな壕から日本の兵隊に追い出されてから、自分の屋敷に掘ってあった壕に入りました。

家族ぜんぶで十三名でありましたが、壕が小さいので姉の母子三人と父はとなりの壕にいっしょにいたのです。

日本兵がきて、ここから出なさいと言った。

母が行くところがないから、出ませんと言ったら、入口をふさいだタタミをはねのけて手榴弾を投げたんです。母は兵隊たちのようすをさっしてザルを手でささえて、手榴弾が中へ入ってくるのを防ぎました。

それで母はクスリ指をなかばから切られましたが、中の方はだれも怪我しないですみました。それで母はみな死んだふりをして黙っていなさいよといって、子どもたちを一人ひとり頭をさわっていました。

二番目の姉がこんなにしていたらどうせ殺されるんだから舌をかんだら死ぬんだってよ、やってみようと言って、私もやってみましたが、ぜんぜんだめだったんです。（中略）

母がこの壕から出ないとたいへんだからみんなついてきなさいよと言って、母はまっさきに出ました。そうしたら日本の兵隊が日本刀なんかを持っていっぱいいたのです。（中略）

宇江城へ行く坂をあがるところで弾にやられました。血がひどく出ますので、手でおさえて歩きました。

❇魂魄の塔の存在

すぐそばの北霊碑にばかり気を取られ、今日まで沖縄県民にとって一番大切な魂魄《こんぱく》の塔をじっくり見学しなかったのは、私の無知。恥。

それを正してくれたのは『観光コースでない沖縄』（高文研刊）だ。

無知を羞《は》じつつ、自分の印象ではなく、沖縄フィールドワークや平和学習のために発刊されたこの本の、大城将保《まさやす》氏（県立博物館長を務めた方）の文を引用する。

《沖縄にはすべての都道府県の塔があるが、ほかならぬ沖縄県の塔だけがないのだ。

正確には〝納骨所〟というべきこの塔が〝沖縄の塔〟だ。

円形の石積みが二段に重なっていて、いただきに〝魂魄〟と刻んだサンゴ石がのっかっているだけの単純な造形になっているが、この構造そのものが塔の歴史をきざんだ年輪といってよい。

ここに、戦後の一時期、村全体が米軍キャンプにとられて帰郷できなかった真和志村《まわしそん》（現那覇市）の収容所ができた。周辺にはおびただしい白骨が散乱していた。村民は遺骨収集班を編成して収骨作業にとりかかった。集まった遺骨は三万五千体にものぼった（その後さらにふえて四万体といわれている）。

日本兵も住民も米兵も区別なかった。

山積みされた遺骨を納めるには墓をつくらねばならない。村長は米軍と交渉してセメントと古材を供給してもらった。こうして慰霊塔の第一号ともいうべき〝魂魄の塔〟は一九四六年二月に落成したのである。

復帰後、摩文仁《まぶに》ケ丘に国立戦没者墓苑ができて各地の納骨堂に納められた遺骨はここ一カ所に集められた。ここのものも〝象徴骨〟だけを残して移送された。しかし、遺族たちはいまでもやはり魂魄の塔を参拝する。

〝魂魄の塔〟は〝沖縄の塔〟といってよい。》

敷地は広く、塔のずうっと手前には、旧真和志村の村長・金城和信《わしん》氏の胸像を讃えるりっぱな石碑があった。

金城和信氏の胸像は堂々として、胸に天皇からの叙勲のその勲章。勲章だけ黄色の着色。

像の制作は北村西望《せいぼう》氏。金城氏を讃える文字も北村氏で行書のその筆跡がすぐれて美しい。

「日展会長・文化勲章北村西望」の自著名あり。

その碑文を読む。

「(前略)遺骨の惨状をみかねた村長(註・アメリカ軍の任命による)金城和信は村民によびかけ遺骨の収集に乗り出しました。そのとき糸満高校真和志《まわし》分校の校長をされていた翁長助静《おながじょせい》先生は生徒を指揮して遺骨収集の先頭に立つかたわら……」


さらに続く。

金城和信像

「金城御夫妻は信子と貞子の愛娘を戦死させたこともあって、同年四月五日〝ひめゆりの塔〟を建立した。続いて四月九日男子生徒を祀る〝健児の塔〟も建立したのである」

「沖縄における最初の鎮魂碑である」

(この部分の文の筆者は東大名誉教授宇野精一氏)


功労者の金城和信氏が当初「慰霊」さえも禁止する米軍、それを恐れる住民を説得して実行して成功にしたことを書いた本『沖縄の戦禍を背負ひて・

金城和信の生涯』があり、それを平和祈念資料館で二時間だけ読むことができた。それが可能だったのは偶然のこと(前日、昼食の沖縄そばの店で資料館の方に名刺をいただいていたので、本の存在をたずねてみたのだ)。

この本は金城和信氏の業績を讃え、記念するものであるが、第一節は息子の金城和彦さんが母親の金城ふみさんの手記を元に書き下ろしたものである。

その中のエピソードのひとつ。

畑の中に横たわる御遺体のそばに大きな大きな南瓜《かぼちゃ》が成長しておりました。しかし誰もさすがに手をつけやうとはしませんでした。

それを見た主人がいいました。

「この南瓜は御遺体から養分をとって勢いよく成長したものである。御遺体の魂がこもっている。我々は英霊と共に生きてゆくべきだから御遺体の魂を体して有り難くいただかうではないか」「海岸近くのアダンの茂みの中に一家五人が抱きあっている御遺体がありました。みんな流石に棒立ちになって手をつけることができない。そこで私が真先にアダンの中に入り手を合わせました。すると一人の女子青年が私の後に続いてくれ、やがて……」「セメントは米軍から貰うことができ、鉄骨は米軍の使い古した寝台の鉄材で間に合わせることができました」

先に引用した翁長助静氏が詠んだ和歌がある。

「和魂になりてしずもるおくつきの　み床の上をわたる潮風」

和魂はニギタマと読むのだろう。

この翁長氏が現沖縄県知事の父君だと聞いた。

✻叙勲とは何だろう

ここまでの学習で私は（現在は那覇市になっている真和志村の）村長・金城和信氏の偉大な業績に驚き、感動した。「ひめゆり学徒隊」で娘さんが二人とも戦死している。

そして、唯一の沖縄県民の慰霊碑を建て、ひめゆりの塔を建て、健児の塔を建てた方だ。兄を沖縄戦で戦死させられたものとしても、胸がいっぱいになる。感動しかない。

しかし、「叙勲の栄誉」というところで、現在の私は立ち止まってしまう。

この本を出版する人間として、叙勲のシステムのことに触れず、素通りしてもいいものか。

私の理解では、叙勲とは生前も死後にも国家のためにどれほど役に立ったかを目安として、天皇が格付けし、表彰するものだ。

毎年春と秋に発表され、新聞の紙面を占領するが、人間に点数をつけ死者を選別することを天皇の名で行ってもいいものか、どうか。

公務員が圧倒的に等級が高い。戦後は全体の奉仕者であるとされているのに、実態は逆だ。同じ校長でも公立が上だ。

そうだ。不特定の、架空の高校生に聞いてみよう。どう思いますか。

「知らない」「どう考えていいかわからない」という顔ばかり（だろう）。

無理もありません。「自分の頭で考える人」「見解をはっきり持っている人」「主張する人」を圧迫する力（その根源には周囲に合わせろという同調圧力）が、学校と社会で定着していますから……。

私自身、昔も今もつい川の水の水流の強い方に身を寄せようとする老いた鮭（ホッチャレと呼ばれる）ですが、八十一歳、ひとりの大人としての責任があります。

高校生のみなさん。実は私は天皇制とそこから発生する叙勲のシステムに疑問をもっています。

この偉大な人物を「叙勲」以外のもので賞讃し記念する方法はないものか。私は、二日にわたって通った魂魄《こんぱく》の塔ですっかり考えこんでしまった。

■検証①

金城和信氏の位階と叙勲のこと。

一九三七年正八位（小学校長となった年）、一九三九年従七位

一九六九年勲三等瑞宝章

一九七八年死去により追賜。正五位勲三等

■検証②

「ひめゆりの塔」は、師範学校女子部の校友会誌「乙姫」と第一高等女学校校友会誌「白百合」を合わせ、金城氏が「ひめゆりの塔」と名づけた。

■検証③

学徒兵の処遇についても、金城氏が自費で三年間東京へ行ってねばり強く交渉した（息子の金城和

彦氏が東京在住)。一九五六年男子は二等兵として認められ形式的給与も。その後女子も従軍看護婦として軍属とされ、形式的給与も(旧軍人恩給の対象とするため)。

■検証④

一九八〇年十月二十一日付琉球新報の記事。午後二時から胸像除幕式が催される(氏の死後約二年後に当たる)。

顕彰会ができて予算千二百万円。日本遺族会百二十五万円。北海道百万円。

恐らくは旧真和志村が北海道の「北霊碑」のためにその土地を世話したものと思われる。

ここに至って私も北海道の納税者として、にわかに関係者のひとりとなっていたことが、この日判明した。だから叙勲の顕彰について発言も許されるのではなかろうか。

この視点でいえば、納税者として日本国のあらゆる決定・政策・国際世論への配慮などについて、私の責任と権利が発生することになる。

❇隣り同士、北霊碑と魂魄の塔

魂魄の塔に隣接している北霊碑に手を合わせる。

次兄輝一《こういち》の霊は、ここにいるだろうか。

靖国神社には絶対いない。戦勝国がやったこととはいえ(そういうのなら、日本人の総意で戦争責任者を追求し、処分したか)、戦争犯罪者も後から合祀《ごうし》されているあの巨大な施設に兄はいるか。下ぶくれの色の白い青年は、あそこで神になっている、という。ホントかな。

私の調査では、ヤスクニにコウちゃんはいなかった。

一九九三年（はじめての沖縄学習の後）、ひとりで行ってみたけれど、どこにもいなかった。入場料なしだったせいか、真榊《まさかき》とかいう御供物を供えなかったせいか、どこをさがしても、コウちゃんはいなかった。

もしも、もしもいるとすれば、故郷の北海道のあの父母の家の前。清流の上の中空《なかぞら》に浮いて漂っているはずだ。いや、お隣り同士なので間違って、唯一の沖縄県民の慰霊施設・魂魄の塔にまぎれこんでいるのではないか。

でも、兄はいなかった。

兄の幼なじみのHさんによれば、川筋で一番他人に優しかったコウちゃんだ。同じ農民である沖縄の住民に対して、ゴメンネという気持ちでいっぱいだったはずだ。身びいきという日本語はあるけれど、間違ったふりをして、沖縄の塔にいるのかもしれない。

大きな外形の魂魄の塔の手前には、これを作った中心人物（ひとりで作業したのではないのは当然）、金城和信さんの胸像と業績と「叙勲」とを讃えたりっぱな碑が建てられている。

そこで、私はやっぱり「叙勲」という現象をしつこく考えたくなる。

❇再度、叙勲・位階とは

ほんとうに叙勲とは、いったい何なのだろう。

友人の助けを借りて「ウィキペディア」で調べてみた。

「第二次世界大戦後、生存者に対する叙勲と叙位は一時停止された。一九六四年に生存者に対する叙勲が再開されたときも、生存者に対する叙位は再開されなかった。死亡者に対する叙位は新憲法の下では、内閣の助言と承認により行われる天皇の国事行為である栄典のひとつとされ、従来の位階令を法的根拠とした」

叙勲の所管は内閣府賞勲局であるのに対して、叙位の所管は内閣府大臣官房人事課となっている。

さて、金城和信の「位階」については、一九三七年に正八位（校長になったことによる）。

一九六九年「勲三等瑞宝章」（生存者ゆえ位階がない）。

一九七八年死去により追賜「正五位」。

「位階」とは、国家の制度に基づく個人の序列の表示である。位《くらい》ともいう。位階を授与することを位階に叙する、または叙位という。

金城氏の「正五位」にも上《じょう》と下《げ》があり、その下に「従五位上」と「従五位下」の位がある。

正〇位の「正」は「しょう」、従〇位の「従」は「じゅ」と読む。

七〇一年（大宝元年）の「大宝令」および七一八年（養老二年）の「養老令」として整備された。また原則として軍功に授けられた勲等（一等から十二等）とも連動し、あわせて「位階勲等」と称した。

要するに近代国家となった明治以降、天皇制国家の本拠・本質を形作る制度であり、国民の意識を内部から規制する「コントロール・システム」である。こんなところで英語を使うのはほかでもない。科学・技術・宗教・芸術・学術など、あらゆる分野にわたって本来哺乳動物の一種の人間、自由であるべきその人間の内面を縛るもの、それを表現する日本語を私が知らないからである。

ところで死後の魂、などというものは存在するのか、しないのか。存在すると認めたほうが、何度も身内の死に直面した私の「心の整理」に便利（世間さまに合わせて生きるのに便利）だけど、そうはいかない。

宇宙探索とその研究。地球学の分析。驚異的な遺伝子研究の発表など、毎年新しい発見は続く。ここに至って、魂とか冥福とかいう便利で他者に利用され易いものの存在を信じる気にはなれない。生きている間は万物の霊長とされ脳の機能に多少の違いはあっても、死んだとたん私はネコやワラジムシやギンヤンマと同格・同等の物質にもどる。地球の論理に帰属するしかないと思う。

アイヌ語とアイヌ文化を学び始めた二〇〇七年以降、私の「死生観」は大きく変わった。仏教徒としてかなり忠実な兄姉は困惑しつつも、次第に認められるようになった。

それなのに北霊碑や数多の慰霊碑に手を合わせるのは、死者は生者である私の思いの中に存在するしかないからだ。死者への思い（愛といってもいい）は、私だけの専有であり、それを他者に利用されたくない。悪用されたくない。ましてや国家に悪用され、戦争準備の理由にされたくない。国家のため死ぬ覚悟が必要だ、と若者たちを洗脳し駆り立てる道具として〈死後の魂〉を悪用されてはたまらない。

❇みたび南北之塔

四月九日、また南北之塔に行く。確かめたいことがあるのだ。

まず、一月にお世話になったナヘさんに、お店に会いにいく。すると別に家庭を持つ娘さんが店番をしていた。ナヘさんは転んで骨折し入院中だという。

ナヘさんが畑で作ったものらしいニンニクを売っていたので、自分へのおみやげとして買った。粒が小さくて匂いがきつくて、いかにも在来種という感じだ。

南北之塔の上においてある「キムンカムイ」と彫ってある碑、そこに列挙されている人の名を確かめたい、ハシゴを貸してくれる人いないでしょうか、と娘さんに頼んだ。

すると、小型トラックに脚立を積んできて協力してくれた人がいた。真栄平の区長の仲吉勇さんで、ナヘさんの甥にあたる人。

同行してくれている水野さんも仲吉さんも私より若いけれど、納骨堂の上によじのぼるのは私でなければならない。手の力、足の力がこれほど弱くなっているのか。落ちたら大怪我だ。

彫られた六人の名前を、必死になって読む。

浜本エミ／宮本ミツ／北原ナツコ／山中登美雄／山中酉三（よく読めない）、縦書き文字の最後に弟子豊治。

経費を負担した六人なのか、この場所まで来たのか。弟子さんはアイヌ民族とわかっているけどほかの人はどうなのだろう。昔も今も続く「和人」からの差別の中で、苦慮したのであろうか。

北原ナツコさんは、今は若手のアイヌ文化研究者となっている北原次郎太さんの縁のある人だろうか。

ここで、自治会が遺族に訴えるカンバンを見つけた。建ててから年月もたっているようすだ。切実な問題だ。

「個人墓碑の移動について」——建てた人がそのうちここでやる慰霊祭にも来なくなる。自治会としてはどこかに移動してくれ、という訴えだ。

戦死した人の墓においても、沖縄の人々に迷惑をかけているよ、という私の心配が現実のものになっている。

建てた人の思いつめた気持ちもわかる。何かしないとおさまらなかったのでしょう。でもね、亡き人のために泣くのなら、反戦活動もやらないと、亡き人は浮かばれませんよ。老いも死もある。だから来ることができなくなった人々にも手を合わせた。

❇沖縄国際平和研究所

那覇市内にあるし、一度は見学したい場所だった。沖縄戦と広島・長崎の原爆写真、ドイツのホロコースト、朝鮮戦争や日中戦争のジェノサイド写真の展示などを行っている沖縄国際平和研究所。常設展示学芸員の藤沢英明さんは東京から移住して、この大事業に参加しているだけあって何でも知っている方。あっと驚くような資料や展示を教えてくれた。理事長の大田昌秀元県知事の壮大な構想（沖縄を平和教育のセンターとして世界に発信する）に感銘を受けていたので、研究所の会員になった。

貴重な写真の中に、魂魄の塔の金城和信さん関連のものがあった。

金城さんを讃えた本『沖縄の戦禍を背負ひて・金城和信の生涯』も読む。その冒頭の部分に、あの沖縄戦の司令官・牛島満大将の妻・君子さんの一文がある。

慰霊の塔に限っていえば、山の上にある黎明之塔と魂魄の塔は、根本的な発想において違う。

この場合、元司令官の夫人の文の存在をどう考えるか？

北霊碑の前で人々に何か話している金城さんの写真あり。

北霊碑建立に際して献身的に努力した金城さんがその除幕式に、北海道知事から表彰されている写真。北海道連合遺族会から招待を受け、北海道各地の遺族会で挨拶する金城さんとその背後の大きな「日の丸」の写真。

❇辺野古の現場へ

四月十一日、今日は、辺野古《へのこ》の「新基地反対闘争」に参加する。これが沖縄の戦後七十年のまぎれもない「現実」だから——。

ホテルを朝早く出発して、欲張ってもうひとつの願望、つまり読谷村の「第九条の碑」を先に見にゆく。

土曜日だから役場の玄関は閉まっているけど、表示は読める。

読谷村の人口四万六百二十二人（男二万八十六人、女二万五百三十六人）、外国人四百二十三人。

役場庁舎正面の門を入って左側に「日本国憲法第九条」（戦争の放棄）というタテ書きの文字。前文と第九条だ。りっぱな石材に文字を焼きつけた金属板がはめられている。

別の表示で歴史もわかる。

一九八七年、「海邦国体」のソフトボール競技がここで行われた。学校と社会での「日の丸」強制があり、知花昌一さんが「日の丸」をひきずり降ろして、ライターで火をつけたのだった。

一九九七年に返還された米軍補助飛行場跡に村役場庁舎を建設移転（昔の役場前の憲法九条の大看板は現在も健在で、この年の一月に見学してきた）。

二〇〇六年、読谷補助飛行場が返還され、村が国から土地を取得。

車で北上し名護市へ。西側の東シナ海ではなく、東側の太平洋に面した大浦湾、その入口の辺野古地区の闘争に参加する。

午前十一時三十分ごろ、現地到着。さっそく「沖縄うまんちゅの会」の源河《げんか》直子さんたちと再会。基地の正門は、日本人警備員が数人。基地の側に反対する人々のテント小屋。道路をはさんだ向かい側は、スピーチの場になっている。

各方面の「報告」が次々とされている。

〈東村・高江の間島《まじま》孝彦さん〉

この間、イノシシを食った。スッポンも食いました。体力つけて、戦っていくぞ。

〈辺野古の海上闘争の人からの報告〉

カヌー隊はフェンスの外で二十三名ががんばっています（私は考えていた。ああその中に作家の目取眞俊さんもいるのだなあ。せっかく沖縄に来ているんだから、ちょっとでも会いたいが、会わないのも、またいい関係かなあ）。

海上保安庁の暴力は、言葉でもひどい。

いま話している人は、その暴力を告訴した四人目の告訴人らしい。

「おい、また怪我するぞ」（国家公務員の言葉だ。）

ひどいことを言うので抗議してやると、「おい、告訴人だまれ」

アメリカと日本の政府は手を組んで辺野古の海をだめにするだけでなく、公務員と民間人を憎み合わせる。こういう人間破壊もやるのだ。そして、サンゴ（海で生きている動物の一種）を殺す。

一月に参加したときは寒くてまいったが、今日は小雨だけど暖かい。

スピーチする人が変わった。

「四月七日、いきなりフェンスを立てられた。その高さ三・六メートルだ。路側帯に作られている山型の殺人鉄板も取り外すべきだ」

そうか、この人は高江でも戦っている人だ。

次に那覇市議、若くて歯切れがよい（翁長大輔氏と紹介されていた）。この人が連れてきたという高校生の男子の存在も新鮮だ。

スピーチする人が変わった。

「シングルイシューでつながりましょう。合言葉は〝私たちは戦争をしない〟です」

こうスピーチしたのは、音楽評論家の松村さんだ。

ほんとうにそうだ。国会議員でも活動家でも党派の違いでバラバラだが、「私たちは戦争をしない」という一点ならまとまるのではないか。なるほどねえ。

だれが音頭をとってまとめるかによって多少むつかしいかもしれんが、「私たちは戦争をしない」と叫ぼう。反対する人は「戦争をする人」ということになる。

この音楽評論家は、私も創刊からの読者である「週刊金曜日」で古謝美佐子さんのインタビュー記事を書いた人だという。なるほど、なるほど。

帰ろうとする彼を追いかけた。松村洋《ひろし》さん。メールアドレスをメモしてくれた。「古謝さんの表紙の顔よかったねぇ」と伝えたら「あの写真も私です」と。

阿波根昌鴻《あはごんしょうこう》さんの本の一節がよみがえる。「圧制は戦いを生む。戦いは友を作る」（大意）

今日は、米軍基地の前での行進はないようだった。

「エイサーやろう」という運びになった。

サンシンを弾き、歌う人はかなりの水準の人と思われた。曲も次々と変わる。テンポが早い曲になると踊り出す人もいたが、もうひとつ盛りあがらない。なにしろ国道のこちら側の斜面やテントの中で聞く人は、国道の向う側の〝舞台〟を見ることになる。

しかし、小雨の中の盛りあがらないエイサーもまた（勝利したあとの）ひとつの語り草になるかもしれぬ。

帰路、近くの辺野古海岸の団結小屋に行き、事務局の人と交流した。「座り込み四〇一〇日」という表示あり。みんな、みんな本気なのだ。

❇読谷村

夕方六時ごろ、金城実さんを読谷村のアトリエにたずねる。

魂魄の塔の金城和信さんの叙勲とその顕彰碑のことをどうとらえるか、について悩んでいることを伝え、アドバイスを求めた。

「今日は酒飲まないよ」と私が言うと、彼は少し残念そうななかにも安心した表情。病院に通っているというのに、痛飲してはいけない。奥さんがあれほど心配している。日本中に支持者がいる彫刻家は、たかが酒で死んではいけない（私の内なる声＝酔わなければホンネを語れない世の中の人々は、初めからホンネを持っていないのではないのかな）。

叙勲をどう書くかについての答えを求めるのは無理な話だった。単に叙勲を批判するだけなら共感が得られないよ、ホンネだけで生きているこの人は言った（自分の責任で書くしかないよ、ということだ）。

そのあと、水野さんと二人で知花昌一さんの奥さんの民宿に行く。夜なので迷って、迷って、とうとう奥さんに途中まで迎えにきてもらった。

知花さんは大阪から来た宿泊のグループと楽しい酒宴の最中だった。志を共にする仲間らしい。女性のお二人がとくに元気に議論していた。水野さんは楽しい輪に入っていたが、私は酒に弱く、疲れきって部屋に入った。

次の日の朝、知花さんの奥さん・娘さん・息子さんと話ができたのは大収穫だった。家族をしっかり守っているのも知花さんの力なのだ、としみじみ感じ入った。

彼は六月二十三日の慰霊の日は、魂魄の塔にお参りするという。父の兄、母の弟二人が沖縄戦で戦死している。ここの波平《なみひら》だけでも四二一人死んでいる。知花さんは叙勲なんてクソクラエだという。

この言葉をここに書くことについては、全面的に私が責任を負う覚悟だ。

❇伊江島・ヌチドゥタカラの家

知花さんの民宿を朝早く出て、本部《もとぶ》港からフェリーに乗り、三十分で伊江《いえ》島（伊江村）に着いた。

「反戦平和資料館〝ヌチドゥタカラの家〟」にようやく来ることができた。

反戦の巨人・阿波根昌鴻さんの存命中に会いにくることができなかったのは口惜しいが、これも私の限界。巡り合わせ。要はほかの事にかまけていたことになる。

水野さんがあらかじめ連絡をとっていたので、スタッフの方が車で港まで迎えにきてくれた。「ヌチドゥタカラの家」の館長さん・謝花《じゃはな》悦子さんは、心が真直ぐで目が光り、話す言葉の選び方がこれしかないという的確さ、と私は感じた。

名刺を持たない主義の私はこういうとき不便だなと考えていたら、水野さんが名護市図書館から貸し出しを受けてきた私の作品『馬を洗って…』（大人向の反戦平和の絵本、童心社刊）をさし出してくれた。

資料館に入る。ここには何でもある。阿波根さんが写した写真。ロケット弾。兵器の部品の数々。「伊江島土地を守る会」の歴史資料やアピールするときの団結旗、生活用具等々……。

ちょうど出版されたばかりの写真家・張ケ谷弘司さんの本『天国へのパスポート・ある日の阿波根昌鴻さん』をここで買ったので、短時間に多くのことを学ぶことができる。

なお、張ケ谷弘司さんはここの機関誌「花は土に咲く」（年一回発行）に写真と奥深いエッセイを発表しつづけている。

これらの中で、米軍と対決して先祖伝来の農地を守った事例を語る阿波根さんの口調は、きびしくてやさしい。

二時間近く資料館にいて謝花悦子さんの席にもどると、彼女はその間に私の作品を読み、評価してくださった。作品の中での私の戦争批判は象徴的に書いた分だけ、間接的だ。ここで財団の会員になった。

資料館の表示を読む。伊江島の死者四千三百人、うち住民千五百人、米軍八百人。「集団自決」で一家全滅が九十余戸。

このあと村の道を走って土地闘争のとき戦った「団結道場」を見学。コンクリート造り。今は使われていない。

外壁に文字あり。

「一九五五年五月、伊江島土地を守る会」

「米軍に告ぐ。土地を返せ。ここは私たちの国私たちの土地」

「侵略者伊藤博文、東條の悲劇に学べ。汝等は愛する家族が米本国で待っている」

農地の中の道。葉タバコに防除剤をかけている男性に話しかけた。

薄紅色と白のタバコの花が咲いている。

「ふしぎな色のきれいな花だねえ」

「だけど、その花を取らなければだめなのさ。葉っぱに栄養が行くように」

道理で刈られた花首がそろえて積んである。これが花として売れれば収入もふえるだろうな——農民の子であった私はつい考えてしまう。

帰りの船の中で、張ケ谷弘司さんの写真集を読む。四十年近く伊江島と阿波根さんを撮り続けた張ケ谷さん。彼もまた阿波根さんの意思が導き出した水流だ。
その本で阿波根さんの生涯の歴史を知る。

❇泡瀬干潟

泡瀬《あわせ》干潟の自然を守ろうとがんばっている人々（水野隆夫さんもその一人）の拠点となっているところがある。そこへ水野さんが連れていってくれた。

「泡瀬干潟博物館カフェ・ウミエラ館」

ビルの中のこのスペースを確保する経費も大変だ。その中心人物・屋良《やら》朝敏さん（カフェだから昼食を作って出してくれた）。私が行ったとき、大きな望遠鏡で干潟の野鳥を観察していて説明してくれたのは三井壮さん。彼は船の模型を作る人。

沖縄に米軍施設がなくなる日が来たら、大喜びするのは人間だけでない。花びらのようなウミエラの標本（動物なのだ）は、あまりにも美しかった。

このウミエラ館にさりげなく置いてある三十二ページの（メッセージ誌？）「ピクニック」は、古い人間の私から見ると、実におもしろい、オモシロイ。その創刊号。

「ＰＩＣＮＩＣ」というタイトルのまわりに「知ることから始まる」「みんなで考えよう基地もんだい」とあり。

米軍基地のフェンスの前に、三人の母親と子どもたちがそれぞれ英語で書いた手作りのプラカードを掲げている。

英文ということは、基地の中の人に訴えるデモ・ピクニックだ。

三人目の子を前でおんぶしている人のプラカードは、「どうか私たちの怒りを共有して！」

内容がすごい。マンガによる基地問題のページ「オスプレイが普天間に」と、「海兵隊がどうして沖縄にいるの」の解説もある。

＊二人のヒロアキさんの写真展

県立美術館・博物館へ。「二人が撮らえた沖縄・終わらない戦後」写真展だ。

二人とは、報道カメラマンの大城弘明さんと山城博明さん。

展覧会のビラがすでに衝撃的だ。一枚の写真の中に、オスプレイが浮いている基地の空とフェンスのこちら側の子どもたち（体育の授業）が納まっている。さらに半分ほど水に沈んでいる頭蓋骨とさびた鉄。ビラの裏の写真は「米軍ヘリコプター墜落で焼けこげた大学校舎の壁」「一家全滅の家」

会場に入っても、衝撃の写真ばかりだ。

二〇一四年（去年だ！）、沖縄市サッカー場の土中から出てきた「枯れ葉剤」のドラム缶の山。ベトナム戦争で使った残りを米軍は二万五千本も遺棄していた。それも復帰前に。除草剤としてヤミからヤミへ業者にかなり横流しされたという。現在の沖縄産の野菜は安全か？

写真は全て「現代史」を形作っている。

一九七二年五月十五日撮影──「沖縄処分抗議・佐藤内閣打倒、県民大行進」

一九七二年十一月二十日撮影──「復帰後の衆院選で遊説する瀬長亀次郎」そのトラックにつけた文

字「沖縄人民党公認、日本共産党推せん・セナガ」。この写真の下に日の丸はちまきの人々のデモ隊の写真あり。先頭の横幕の文字「屋良知事即刻退陣せよ」

一九七〇年十二月二十日撮影―「コザ暴動」ひっくり返され燃やされた二台の外国車。この日七〇台が燃やされた。

「一九六九年七月十八日付米紙報道」―沖縄に毒ガス兵器が貯蔵されていることが発覚。撤去闘争。一九七二年一月十三日から七次にわたって一万三千トンを移送。米国領のジョンストン島へ。

「元雨宮中将の壕内で遺物の時計が発見された」―八月二十一日と書かれた遺物もあり、これによると七十年前の六月二十三日に司令官が自決したあとも最後の命令を守って約二か月戦い続け（部下を戦死させ）、とうとう壕内で自決したことになる。

「一家全滅の家」―一家八人が全滅した小嶺家の内部の写真。「叙勲」の額あり。「小嶺正良を勲八等に―内閣総理大臣佐藤榮作、昭和四十一年八月二十七日」

「渡嘉敷《とかしき》村北山《にしやま》の日本軍赤松隊の避難壕」の写真―あからさまな「集団自決」の島。戦隊長は「玉砕命令」は出していないと裁判を起こしたが、退けられた。

「アバタガマの入り口の写真」―五日前に行った「南北之塔」の背後に、入口が今はふさがれたようなガマがあったが、これがその写真だ。数百人の真栄平住民が避難したが、「五月末に日本兵に追い出される」と説明文。このころに戦死した（という）兄も、住民に加害した可能性も考えなければならぬ。

「ブラジル勝ち組・浜比嘉《はまひが》さん宅の内部」―日本敗戦後、ブラジルの日系人が勝ち組・負け組で分かれて対決し事件も起きた。浜比嘉さんは勝ち組。一九七三年沖縄に帰国したが、日本でも敗戦を認めないためのトラブルもあった。その根拠「敗戦であれば天皇が生きているわけがない」（このことは現在でも国民は答えられなくて困るはず）。

一九七五年、宜野座村の浜比嘉さんの部屋にかけられている「写真」の写真。左端に天皇一家の写真。これと全く同じものがわが家の床の間にあった。

赤ちゃんは二歳ほど。その次に軍人の写真（戦死した身内のものか）。その次に「三軍神」と書かれた写真。そして右端に「靖国神社」。

戦後七十年、いま生きている大人は、せめてこの写真が果した役割について、若い人に説明する責任がある、と私は考えた。

ふと係の女性が「目取眞先生が――」と話すのを耳にした。

私は活字だけの読者だからわからないはずなのに、わかった。食い入るように写真を見つめている、がっちりした体躯の人。

一九六〇年生れのこの作家。現在、時折カヌーに乗って辺野古の新基地建設反対行動をする。

実に大切な存在だ、と考えたが、近寄らなかった。読者として守るべき作法もある。

朝日新聞、三月十三日のインタビュー記事に次のような言葉がある。

「（カヌーで戦うのは）他人任せでなく、自分がやるしかないんです」

「工事が始まったとしても、仮に基地が完成したとしてもそれで闘いは終わりだとは思いません。

絶望したときが終わりです」

＊対馬丸記念館

今日は帰宅する日。朝早く起きて九時すぎには、対馬丸《つしままる》記念館に行くことができた。

一九四四年、軍は食糧を消費しないように、足手まといにならぬようにと、九州への学童疎開を命令。八月二十一日那覇港出港。翌日夜十時過ぎ米軍潜水艦・ボーフィン号の魚雷攻撃により沈没。リーフレットによると、那覇市の八つの国民学校から疎開児童八三四人乗船、死亡七七五人。県内の一般疎開の大人と教師八二七人乗船。死亡七〇九人。

トカラ列島海域はすでに最悪の戦場だった。対馬丸以前にすでに五船が沈められていた。おまけにこの船は大きいが古くて速力が出ない。そういう船に乗せたのだ。事件後、絶対誰にも話すな、という「箝口令《かんこうれい》」が敷かれていた。

私と同年齢、安波国民学校四年生の啓子ちゃんの証言を読む。

「ひとつのいかだに何十人もがうばいあっていた。やっとはい上がったとき、男の人が〝後ろから入ってきたな〟と私の背を打った。朝になると男のあかちゃん以外は全部女だった。

海にウンチをするとトビウオがいかだに飛びこんできた。それをつかまえた。〝もんぺを着るまで持っていてね〟とおばさんにあずけたのに、食べられてしまった。くやしくて涙が出た。吐いてばかりなので腹ぺこ。口が渇いて唇がくっついて離れない。

波の音で目をさました。奄美大島の宇検村の漁師さんに助けられた」

軍の命令があったとしても、無理な疎開を実行したのは県知事以下の幹部だ。軍隊のための食糧を確保するため、という秘密の目的があった。動物園の動物を殺したのも同様。イヌ・ネコの皮を供出せよという命令が北海道の山村のわが家にも届いた。人間の食糧確保のためとは言わない。皮を取って戦地の兵隊さんに贈るという。十歳の私もうちのミケを袋におしこんで供出した。

❇不屈館

次に、不屈館・瀬長亀次郎と民衆資料を訪問、さらに学習した。

館長・内村千尋さん（亀次郎の次女）のお話を聞く。

亀次郎が残した日記が二百冊、毎日書いたから冊数が多い。それがあることのほかに、人柄のせいで多方面の交流があるから、「不屈館ガイドブック」百ページの内容は感動的でかつ現代史として正確だ。編集委員会の力でもある。

戦後七年たった一九五二年、アメリカ占領軍が「琉球政府」を設立したが、彼らのやったことがひどい。

立法院議員選挙で最高点で当選したのに、不当逮捕され懲役二年（また立候補し当選）。

一九五六年、那覇市長に当選。保守系議員を使ってのあらゆる圧力。しかし市民の支持は圧倒的。アメリカはついに強権で市長の座から追放しただけでなく、被選挙権も奪った。

どれほどひどいことをしたかの一例。刑務所で胃かいようの手術を受けたとき、彼らは直前に電源を切った（これは正義感の強い医師が、あらかじめバッテリーを手配していて命が助かった）。「不屈館ガイドブック」を買ってきてトクをしたのは、二〇〇一年三月三日付「琉球新報」の記事がのっていたからだ。

「阿波根昌鴻さん百歳、瀬長亀次郎さん九十三歳。病院で二十余年ぶり再会」

❇那覇空港で遭遇した「現実」

帰りの飛行機は、飛ぶ態勢に入っているのに、待たされた。

と、見る間に戦闘機が二機すうーっと滑ってきて、急角度で飛び立った。急上昇する戦闘機をこんなに近くで見てしまった。

那覇空港は軍民共用という文字が急に現実になった。共用というより隣接。

待つ間に、ヘッドホンでNHKラジオを聴く。テーマ曲もなつかしい「昼のいこい」。島倉千代子の特集だ。「東京だよ、おっ母さん」の歌詞に、八十一歳の今はひっかかる。

「ここが二重橋」「やさしかった兄さんが…桜の下で待つだろ　おっ母さん」「あれが九段坂」…好きな演歌歌手だけど、そして歌手は何を歌おうと自由なんだけど、私はうろたえた。

亡くなった今も国民的歌手などとメディアが呼ぶ人だ。子どもだった私たちを、天皇制と天皇の軍隊と学校が歌で洗脳した。軍歌と明治天皇を讃える歌などは今でも歌える。

歌はすばらしい。歌は恐ろしい。

Ⅷ

沖縄慰霊の日—二〇一五年六月二十三日

❇慰霊とは何だろう

戦後七十年のこの日、米須《こめす》にある魂魄《こんぱく》の塔に行ったのは、正解だった。

二十二年前から何度も手を合わせているのに、その真の重要性を知らなかったのは単なる勉強不足で、それを東京である人に指摘されたのは今年三月。

その時点で、この日は摩文仁にある「平和祈念公園」（沖縄県が主催するセレモニー）ではなく、遺族が自由に心おきなく死者に会えるこの場所にお参りしようと、心に決めていた。

この日は、道路も車もバスも人であふれると聞いていたので、那覇市内のホテルからどのように行こうかと悩んだ。午前中しかもなるべく早く着いて、実態を見学したい。

そこで、今年一月のときも四月のときもお世話になった「第九条の会・沖縄うまんちゅの会」事務局の源河《げんか》直子さんに何とかなりませんか、とお願いしてみた。彼女の仲間はそれぞれ都合がつかず、結局、源河さんが夫の運転の車で送迎をしてくれることになった。

朝九時に迎えにきてもらった。

行くときに運転してくれる人は照谷盛行さん。「うまんちゅの会」の共同世話人として平和ガイドもやり、学校を回って子どもたちに直接戦争と平和を語っている。元数学教師。

車の中、四人で語るうちに、〈ナイチャー〉という言葉が出てきた。内地人という意味だ。

「ぼくらの子どものころ、〝内地〟という言い方は一般的だったよ。北海道は外地だったから、だから知事という人間がいないで、代りに長官がいた」と私。

「そうなんだねえ。北海道人と沖縄人は共通点いっぱいだね」と源河さん。

この文を書いている六月末日、私ははっと思い当たった。日本兵戦死者の六分の一が北海道出身者。圧倒的に多かった。これも、「外地の兵隊」だったからだ。そうか、そういう構造だったのか。

魂魄の塔に近づくにつれて、のぼりを立て同じ色のベストを着て行進するグループを次々と追いこした。

日本各県の遺族会の人たちが、ここよりもっと先の摩文仁の「平和祈念公園」まで行進する。正午からのセレモニーに参加するのだという。

車を運転してきた照谷さんはここで私たちと別れ、沖縄県遺族会としての行進に参加した。

私は「遺族会」として行動する照谷さんの事情と、その心の中を思った。

個人の心の中と、その属する団体の方向とは食い違うことが多い。私も以前は「素直な遺族」だった。札幌の大きな護国神社に息子を戦死させた母の代理として出席したこともある。

しかし現実では遺族会が、村・町・市・県・国と大きくなるに従って、「慰霊」「顕彰」だけに留まり、「平和」「反戦平和」に届かない現実をよく知っている。

「靖国神社を支えているのは誰か」も、次兄輝一《こういち》の無念さを考えるとき、今は自然に見えてきている。

この日を沖縄県は休日に指定している。

多数の人が慰霊の行動をするためだ。

平和祈念公園のセレモニーに行く人。ここの魂魄の塔にだけ来る人。そのあと各集落のそれぞれの慰霊祭に出る人。この日の新聞には軍隊に組みこまれ、戦死させられた少年少女たちの慰霊祭が学校ごとに行われる、その日程が出ていた。

それぞれの遺族が、それぞれの慰霊碑の前で亡き人をしのぶ。何年たっても涙が出てくる——人間はすばらしい哺乳《ほにゅう》動物だと思う。

❇混雑する魂魄の塔

午前十時ごろ。すでに魂魄の塔のまわりは混雑していた。道路の片側はかなり手前から車でびっしりだ。

この塔だけが、沖縄県民全体のための唯一の慰霊塔だとされている。大げさで派手な本土各県の慰霊碑のことはすでに書いたが、それらとこの魂魄の塔は、その本質が根本的に大きく違うのだ。

この塔は「慰霊塔」というよりもむしろ「納骨堂」というのがふさわしい。

第一にどこよりも早く、敗戦後半年ぐらいに作られた。アメリカ軍が遺骨収集は反米意識につながるからと禁じていた「遺骨収集」をなんとか説得し許可を得て、およそ四万人ほどの人骨を畑ややぶから拾い集めた。人々を励ましそれをやりとげたのは、今は那覇市域になっているが旧真和志村の村長・金城和信氏。

アメリカ軍からセメントと骨材（ベッドの骨組みなど）をもらって、巨大な円型の入れ物を作った。その頂きに「魂魄」と書いた石柱を建てた。

そして今日、正面の拝所と思われるスペースは、もう花や供物でいっぱいになっている。供花は自分で持ってきたもののほか、すぐ近くの臨時の店で買っている。

沖縄慰霊の日の魂魄の塔

私もごくふつうの供花を買って、ひざまずいた。手を伸ばしてなんとか花を立てかける。お供えするものを持ってこなかったことに気がついた。

右隣りに老齢の女性二人。次から次とお供え品を並べている。まぜごはんのようなもの、バナナ、たくさんのまんじゅうのようなもの、びんに入った水、酒のびん。

県立平和祈念資料館その他で多くの証言を読み、また悲惨な住民の死の記録集などで学んでいるので、隣りの二人の亡くなった家族がどのような人だったか、は想像できる。

まんじゅう食いたいようと、腹へったようと、ぎゃあぎゃあ泣く男の子がいたに違いない。末期《まつご》の水さえ飲ませることができなかった赤ちゃんがいたのかもしれぬ。酒好きだった父がいたのか——。

私の体のすぐうしろで、すすり泣きの声がする。

たったひとりで来たらしい初老の女性が泣いている。亡くなった人はだれなのだろう。

私は供物をよけながら後ろに下がった。

日本兵のひとりとして死んだ兄・輝一《こういち》に会うために来たことはたしかだけれど、私がいまここにいることは、図々しすぎる。日本兵は、住民にとってはむしろ加害者だ。降伏を一日でも先に伸ばして本土決戦を遅らせるのが大本営と沖縄の日本軍の作戦だった。そのため住民の食糧も安全も考えず南へ南へと撤退し、結果として住民を巻き添えにしたのだ。

二十二年前のときと違って、兄を思う涙はもう出なかった。巻き添えにし、あるいは壕から追い出すことで住民を死に追いやった日本兵。降伏しようとする住民を背中から射殺した例、泣き止まぬ赤ん坊をしめ殺した日本兵の例もある。

ちょっと離れたところで地元の民間放送局の人が取材をしている。泣いて語る人にインタビューしている女性。キャスターのようだったが、その若い女性の顔を見て驚いた。ご自分でも泣きそうな顔、そして真剣に相手を見つめる目。こういう取材は初めて見た。沖縄以外では見られないジャーナリストの例だ。

新聞も放送も、取材陣の人間の質が違う感じだ。

一方では私も、話を聞いてメモを取らなければならない。長い時間手を合わせて動かない初老の女性に話を聞く（当方の名前と亡兄のことを先に話すが、先方の名前は聞かない）。

与那原から来たというその方は四歳で父に死なれた。酒好きの人だったと聞かされて育った。摩文仁にある「平和の礎《いしじ》」に名が刻まれている人は、祖父・父・叔父・弟。弟は赤ちゃんだったと想像できる。

拝礼の順番を待っている小柄な女性が大きな声でひとりごとをいっている。

「もう、もう、沖縄だけがひどいめに会うのさ。戦争なんて防げないよ。また始まるよ」

そういえばそうかもしれない。口で平和をとなえることの虚しさに一瞬私が落ちこんでいるとき、すぐ前で泣きじゃくっている二人の婦人に気がついた。泣き声をおさえることができないでいるのは、姉の方。東京から来たという。妹さんが沖縄の人のようだ。

姉さんの方が話してくれる。

戦死したのは長兄。軍服姿の兄の写真と兄の名を書いた紙を立てかけている。了承をもらったので、そのお名前を書く。与那嶺仁正さん。一九二四年、東京に出て夜間中学を卒業。写真を撮ることが唯一の楽しみだった。

長男だから沖縄に帰ったのだろうか、軍属として召集され軍の車の運転をさせられていた。母親は三十三年前、八十四歳で亡くなったが、毎日泣いていたその姿を思い出すと、今ここで泣けて泣けてしょうがない。

しばらくしてサンシンを弾きながら歌う三人の女性が現われた。プロかセミプロの人のようだった。

❇弔いのシステム

この日、予報では気温三十三度ということだったが、陽射しの下では、それどころではない暑さだ。そうか住民も日本兵も、梅雨そしてそのあとの炎暑の中で逃げまどい、死んで行ったのだ。アメリカ兵もガマ（洞穴）の中へ火焔《かえん》放射機を打ちこみながら暑かったのだ。戦争は勝っても負けても地獄だ（たとえばベトナム戦争を素材にしたアメリカ映画「プラトーン」などを見ると、ひしひしとそれがわかる。日本映画にもかなり戦争の構造に迫ったものはあるが、天皇の戦争責任を突くものは実に少ない）。

源河さんが弁当を買ってきてくれたので、木の下の日陰で食べる。

近くで「国際反戦沖縄集会」というのが開かれている。彫刻家・金城実さんの作品があった。女性が死んだわが子を悲しんで怒っている作品。サイズが大きくて人体の二倍ほどの大きさ。その迫力。例えばこういう作品が、政府主催の慰霊祭の真中に置かれている、そういう日が早く到来しなければうそだ。こういう彫刻作品を前にすれば、総理大臣の形式的なあいさつは出てこないだろう。

魂魄の塔の周囲をぐるりと歩いてみた。

するとそこもまた、お供えものと供花の山だった。恐らく前日から来ているのだろう。

さて、誰の発言だったのかどうしても思い出せないのだけれど、男性のはっきりした声の解説を聞いた。

「住民が心をこめて集めた遺骨を、国がこの納骨堂のてっぺんの穴から骨をどんどん取り出して、遅れて作った国立の墓苑に持って行った。それに怒ったここの誰かが、頂上の穴をコンクリートでふさいだ。全部は移されていなかったのだ。

すると当局は円型の納骨堂の横壁を破って、持っていったという。それでも、ここにあるべき遺骨はまだ残っている」

沖縄県と国との関係が、ここにも、このように象徴的に現れていると私は考え、その考えに心が沈んだ。

遺骨どころか魂まで集め、取り上げて集約する。

これらは祀《まつ》られることを拒否する権利も認めない、「靖国神社」そのシステム（思想）とつながっている。

◈——あとがき

❇天皇制のこと

私のこの本は、基本的に自分の体で見て考えたことを書いてきた。天皇の軍隊によって強いられた兄の死と沖縄戦。七十年後の沖縄の現実。これらを八十一歳の私の体の反応を通して、というよりも脳ではなく小腸・大腸の、そして哺乳動物としての反応をたどって書いてきて、最後に突き当たるのは天皇制である。最終段階でそのことがわかってきた。

世界の王や女王と天皇との違いは仮りに英語におき直してみると、わかりやすい。キング・クイーンは人間であるから人間としての魅力も力も、不倫もスキャンダルも存在する。いっぽう天皇は、エンペラー（天帝）であり、日本では「天皇」と呼ばれるが、本来天命つまり神によって与えられたと考えられている地位である。

私が天皇制の問題点として考える最大のものは、それが国民の「思考停止装置」であることだ。私が十一歳になる年まで叩きこまれた神国幻想が、天皇による「人間宣言」で一変したはずなのに、国民の精神構造は不変のようだ。自らの責任で結論を出すという危うさと楽しさを放り投げて最高位の権威に頼ろうとする。この安心感と情緒の安定は大きい。私自身ともすればこうなってしまうことがある。

友人たちと話していると反論される。

象徴天皇だからいいではないか。天皇に権威はあっても権力はないのだと。ふだんは意識したことないなあと。

問題はそこにある。権力システムとしての政府は、つねに権威のかげにかくれて生きのびる。反権力の意識はすなわち反権威（反天皇）になるのだぞと迫る。この迫る力に多くの国民は抗し切れないので、思考停止というラクな手法に逃がれる。

しかし、権威と権力とが一致したのはせいぜい明治天皇以来のことであって、それ以前、天皇はミカドあるいはオカミと呼ばれていたに過ぎない。共和制ではないが、少なくとも権力と権威との間は離れていた。

これが重なった明治・大正・昭和前期に日本国がどうなったか、何をしたかは、歴史の事実が示している。

せっかく生まれてきて戦争では死なずに、いま生かしてもらっているのだから、自分の責任で考えようとしている私にとって、この天皇制とそれと同根の叙勲制度の存在は、悩ましい。私には割り切って結論を出せる力が身についていない。

こういう私の内臓に一杯の清い水をもたらせてくれたものがある。雑誌「世界」（岩波書店二〇一五年七月号の花崎皋平《はなざきこうへい》の論文「戦後の天蓋なき民主主義」だ。

「敗戦の一九四五年から一九五〇年春までがもっともよかった」「日本の政体がもっとも共和制に接

近していたと思える時代だった。天皇の戦争犯罪問題、天皇退位の可能性が報じられ、天皇制打倒の声が響いていた」

食糧不足がある一方、アメリカ占領軍の鉄の首輪をがっちりとはめられていたが、と書いたあとに、彼は年表を調べる。

治安維持法廃止、政治犯三千名釈放、特高警察罷免、男女同権、労働者の団結権、教育の自由化、専制の廃止、経済民主化、財閥解体、天皇の人間宣言、公娼制度廃止、平和憲法、労働基準法、独占禁止法。

哲学者・花崎は詩人でもあるので、戦没学生の田邊利宏の詩「雪の夜」全文を掲げ、中野重治の「五勺の酒」の影響を述べたあとこう書く。

「天皇制は廃止しなければならない、という考えは、当時そのような文学や批評を通じて、私の中に形づくられた」「近年になって、その考えは弱まるどころかますます強まっている。同時に共和制ができたとしても、それは決して甘い理想郷でないことの自覚も深まっている。なにごとも主権者の意思にもとづく決定と実行は、今よりはるかに重い責任をわれわれ当事者に課することになる。われわれは、そのことを、現時点では経験することができない」

❇国家とは

二〇一五年の沖縄行きは心に余裕がなかった。当たり前だ。辺野古と高江の「反基地闘争」は日々状況が変わるほど切迫しているし、政府の言動はますます危険域に近づく。

だから以前に詩人・高良勉さんにいただいた、『ウチナーグチ（沖縄語）練習帳』（ＮＨＫ出版刊）を読み直すこともできなかった。

また、作家・目取眞俊の『沖縄「戦後」ゼロ年』（ＮＨＫ出版刊・生活人新書）も出発前にしっかり読む余裕がなかった。

沖縄に七回行ったと先に書いたが、自分に厳しく言えば過去の四回は遊び（亡兄の跡を追ったとしても）に近い、といってもいい。

五回目、六回目、七回目（二〇一五年）だけが、まともなものだった。

いや、本質を見抜く沖縄県民の心からすると、まともとはいえまい。沖縄は今も「戦後」でなく「戦中」だから――。

ただ自分の立ち位置から強弁すれば、「北海道から行った」という意味はあると思う。

戦前（つまり七十年前まで）、北海道には「知事」はいなかったのだ。その代りに「長官」がいた。

つまり内国植民地だったのだ。その土地は先住民のアイヌ民族の生活の場所だった（土地所有の観念はない）。

江戸時代から交易の相手として、やがて抑圧・虐待・収奪の対象としてのアイヌ民族。

一八六九（明治二）年、北海道の土地をすべて国有地とした政府は、それを有力者へ払い下げしたり、開拓すれば個人のものになるという制度のもと、和人の農民の所有とした。

私はそういう和人の子孫である。

アイヌ文化研究者であり参議院議員を務めたこともある萱野茂《かやのしげる》さんが、晩年親しくしてくれた私に言った。

「わしらはおまえさんたちに、土地をやったこともない。貸した覚えもない」

顔は笑っていたが、言葉は厳しかった。

つまり私がいいたいのは、北海道に生きてきたせいで、自分と国家との関係（その策略と抵抗とあきらめの関係）を、いやおうなく突きつけられている——ということだ。


いったい「国家」とは何なのだ、という想念から逃れられない。

「週刊金曜日」二〇一五年一月三十日号は「日本の先住民族と憲法と」の特集があり、北海道滝川市在住のフリーランス記者・平田剛士が六ページにわたってレポートしている。

先住権の主体はコタンである、という主張などの分析のほか、沖縄と北海道にこだわってモノを考えたいと思って記述してきた私には、状況が端的にはっきり見えてくるイラストがわかりやすい。

それは「アイヌと琉球は明治政府によって先住民族にされた」とタイトルにあり、以下の解説がつく。

「一八六九年、明治政府が蝦夷《えぞ》地（クナシリ・エトロフを含む）を北海道と改称して内国化」

「一八七九年、首里城を開城させ、琉球王国を沖縄県とした（琉球処分）」

しかし、こう書きながらも、目から火が出るほどのオキナワの現在形の痛苦を考えれば、なまぬるいものだ、という自覚があります。

もうひとつ。なまぬるいというか私に欠落しているものも見えてきた。

「琉球処分（琉球併合）」の被害のことは書いたが、明治政府がいきなり実行した「アイヌ処分」「アイヌ生活権処分」のことは言及していないし、被害者側に立った学習が私には欠落している。

これは、今後の私の学習目標のひとつになってきている。


七回にわたる沖縄学習で考えたものをまとめてみました——というに過ぎません。

しかし「コウちゃんは犬死だった」と、はっきり言えます。靖国神社で神として祀られているなどという創作物語（フィクション）を全く信じていません。

二〇一五年十月十日　記

【追記】


戦後七十年。いま「平和憲法」がないがしろにされようとしている。

「集団的自衛権」の名のもとにアメリカの戦争に自衛隊の海外派兵を計画している政府、武器輸出と原発輸出を推し進めようとする勢力が行動を始めている。

最近の動きとしてはあの「命《ぬち》どぅ宝」の伊江島で、米軍は飛行場を拡大強化するという。

辺野古の「新基地」建設に反対する沖縄県民の心を押しつぶそうとする政府は、あたかもサンゴの海に沈められた四十トン超の巨大コンクリートブロックのようだ。

しかし、しかし、死者の無念さを長く語り伝えるかぎり、〝命の論理〟はいずれ〝戦争の論理〟に勝つのだ——私は老骨の深いところで信じている。

二〇一五年十二月八日　記

加藤 多一

加藤 多一（かとう・たいち）

童話作家。1934年、北海道紋別郡滝上町に農民の子として生まれる。小樽市在住。1958年、札幌市職員となる。札幌芸術の森創設の実務責任者を務めた後、52歳で退職。1987年、稚内北星短期大学教授。5年勤務の後、執筆活動に専念。
1976年『白いエプロン白いヤギ』『ふぶきだ走れ』で童話作家デビュー。以後、主に北海道を舞台とした多くの作品を手がける。1985年『ふぶきの家のノンコ』で第1回北の児童文学賞、1986年『草原　ぼくと子っこ牛の大地』で第26回日本児童文学者協会賞、1992年『遠くへいく川』で第22回赤い鳥文学賞。『馬を洗って…』『ホシコ　星をもつ馬』（共に童心社）は「戦争児童文学傑作選」に収録。

兄は沖縄で死んだ
―童話作家・心の軌跡―

●二〇一五年一二月三一日――第一刷発行

著者／加藤 多一

発行所／株式会社 高文研
東京都千代田区猿楽町二―一―八
三恵ビル（〒一〇一＝〇〇六四）
電話 03＝3295＝3415
振替 00160＝6＝18956
http://www.koubunken.co.jp

印刷・製本／株式会社光陽メディア

★万一、乱丁・落丁があったときは、送料当方負担でお取り替えいたします。

ISBN978-4-87498-585-4 C0036

◇沖縄の歴史と真実を伝える◇

観光コースでない 沖縄 第四版
新崎盛暉・謝花直美・松元剛他　1、900円

「見てほしい沖縄」「知ってほしい沖縄」の歴史と現在を、第一線の記者と研究者がその"現場"に案内しながら伝える本！

新・沖縄修学旅行
梅田・松元・目崎著　1、300円

戦跡をたどりつつ沖縄戦を、基地の島の現実を、また沖縄独特の歴史・自然・文化を、豊富な写真と明快な文章で解説！

修学旅行のための沖縄案内
目崎茂和・大城将保著　1、100円

亜熱帯の自然と独自の歴史・文化をもつ沖縄を、作家でもある元県立博物館長とサンゴ礁を愛する地理学者が案内する。

改訂版 沖縄戦
●民衆の眼でとらえる「戦争」
大城将保著　1、200円

「集団自決」、住民虐殺を生み、県民の四人に一人が死んだ沖縄戦とは何だったのか。最新の研究成果の上に描き出した全体像。

ひめゆりの少女●十六歳の戦場
宮城喜久子著　1、400円

沖縄戦"鉄の暴風"の下の三カ月、生と死の境で書き続けた「日記」をもとに伝えるひめゆり学徒隊の真実。

沖縄戦 ある母の記録
安里要江・大城将保著　1、500円

県民の四人に一人が死んだ沖縄戦。人々はいかに生き、かつ死んでいったか。初めて公刊される一住民の克明な体験記録。

沖縄戦の真実と歪曲
大城将保著　1、800円

教科書検定はなぜ「集団自決」記述を歪めるのか。住民が体験した沖縄戦の「真実」を、沖縄戦研究者が徹底検証する。

決定版 写真記録 沖縄戦
大田昌秀編著　1、700円

沖縄戦体験者、研究者、元沖縄県知事として自身で収集した170枚の米軍写真と図版とともに次世代に伝える！

沖縄戦「集団自決」消せない傷痕
山城博明／宮城晴美　1、600円

カメラから隠し続けた傷痕を初めて撮影、惨劇の現場や海底の砲弾などを含め沖縄の写真家が伝える、決定版写真証言！

写真証言 沖縄戦「集団自決」を生きる
写真／文　森住 卓　1、400円

極限の惨劇「集団自決」を体験した人たちをたずね、その貴重な証言を風貌・表情とともに伝える！

新版 母の遺したもの
沖縄・座間味島「集団自決」の新しい事実
宮城晴美著　2、000円

「真実」を秘めたまま母が他界して10年。いま娘は、母に託された「真実」を、「集団自決」の実相とともに明らかにする。

「集団自決」を心に刻んで
●一沖縄キリスト者の絶望からの精神史
金城重明著　1、800円

沖縄戦"極限の悲劇"「集団自決」から生き残った十六歳の少年の再生への心の軌跡。

※表示価格は本体価格です（このほかに別途、消費税が加算されます）。